MONIKA HOVER

Suizid

AF145955

Die Erzählung

Henrik Schäfer kehrt aus Berlin in seine Heimat Nordfriesland zurück und züchtet Schafe. Theo Beckmann wird in der Einsamkeit Nordfrieslands depressiv und begeht Selbstmord. Zwei Kommissare sind mit dem Suizid betraut und entdecken Unklarheiten. Ist die Frau des Selbstmörders wirklich schuldlos am Tod ihres Mannes? Die Landschaft und das Klima Nordfrieslands bilden den melancholischen Rahmen für die Geschichte.

Die Autorin

Monika Hover, geboren 1944, studierte Philosophie und Germanistik und arbeitete als Lehrerin in Berlin und Brandenburg. Beim BoD-Verlag erschien von ihr das Kinderbuch "Hi-Männ von der S-Bahn."

Monika Hover

SUIZID

Eine Erzählung

Text und Umschlagbild © 2014 Monika Hover
Herstellung und Verlag:
BoD - Books on Demand, Norderstedt
ISBN 978-3-7386-0231-9

1

Henrik Schäfer sah aus dem Fenster seines Elternhauses in Nordfriesland und betrachtete den Walnussbaum im Hof. Im Laufe der Jahre hatte er eine beängstigende Größe angenommen. Seine Mutter hatte ihn schon vor langer Zeit gebeten, das Ungeheuer, wie sie den Baum nannte, abzuhacken, weil er die hinteren Räume verdunkelte und im Herbst außer Nüssen Unmengen von Blättern abwarf, die sie kaum bewältigen konnte. Wenn es regnete, wurden sie zu einer glitschigen Masse. Sie war ein paarmal ausgerutscht und die Angst zu fallen und sich die Beine zu brechen, wurden zur Horrorvision für sie. Aber es waren nicht nur die Blätter, die sie ängstigten, sondern auch die Schatten, die der Walnussbaum in hellen Vollmondnächten an die Wände ihres Schlafzimmerfensters warf.
An den tanzenden Schatten konnte man nachts erkennen, wie windig es war. Henrik liebte den Wind und die frische, feuchte Luft, die er mitbrachte, und er dachte, dass es gut war, hierhergezogen zu sein. In Berlin hatte er sich oft danach gesehnt. Vielleicht war das ein Grund gewesen, warum er wieder aufs Land gezogen war. Der Entschluss, nach Nordfriesland zurückzukehren, war ihm aber spontan gekommen, an einem dieser heißen und stickigen Sommertage, an denen die Hitze in den Straßen stand und kein Luftzug den Schweiß trocknete. An diesen Tagen hasste er die Stadt. Die Menschen, die Autos, den nie endenden Geräuschpegel, das laute Atmen der Großstadt. Er erinnerte sich genau. Es war Mittag gewesen. Maja war in der Schule, und er konnte wegen der Hitze nicht schlafen. Er war aufgestanden, obwohl ihm der Schädel brummte und er sich müde und zerschlagen fühlte. Er war auf den Balkon getreten in die gleißende Sonne, deren Helligkeit weh tat. Sein türkischer Nachbar

bastelte an seinem Auto. Aus dem Radio ertönte der melodische Singsang des Orients. Kinder rannten schreiend umher. Dazwischen das Klingeln von Fahrrädern, und dann war da diese junge Frau gewesen, die seinen Namen gerufen und ihm zugewunken hatte. Er kannte sie aus seiner Kneipe, aber erst in diesem Augenblick war ihm aufgefallen, wie hübsch sie war. Er hatte sie noch nie bei Tageslicht gesehen und nun stand sie da, ausgeleuchtet von der Sonne. Er hatte zurückgewunken. Und dann, als er die Augen hob, war sein Blick gegen den Beton des gegenüberliegenden Hauses geknallt.

Jetzt, gedankenverloren aus dem Fenster blickend, wusste er, dass das der Moment der Entscheidung war. Die Frau, die ihm zugewunken hatte, unterhielt sich mit einem jungen Mann. Sie lachte ein paarmal und fuhr sich mit der Hand durch die kurzen blonden Haare. Wem galt dieses Lachen. Ihm oder dem Mann, mit dem sie sich unterhielt, oder war es an niemanden gerichtet, sondern Ausdruck eines spontanen Lebensgefühls, das sich in der Hitze der Großstadt aufgeladen hatte und nun in einem Lachen explodierte. Er erinnerte sich an jede Kleinigkeit dieses Nachmittags, sogar an die Farbe des Kleides, das die Frau trug. Und er erinnerte sich daran, dass er sich ausmalte, wie es wäre, wenn er mit ihr leben würde. Mit ihr oder einer anderen Frau. Dass er mit Maja zusammenlebte all die Jahre, erschien ihm an diesem Tag als reiner Zufall. Ein Zufall, der ihm die Möglichkeiten versperrte, andere Leben zu leben, andere Frauen kennen zu lernen. Und plötzlich fühlte er sich eingesperrt, gefangen im Trott eines Zufallslebens. Und er wusste, dass sich etwas ändern musste. Es war eine spontane Entscheidung gewesen damals. Und trotzdem war sie lange in ihm gewachsen. In all den Tagen und Nächten, in denen außer seinen sporadischen Fluchten in die Betten fremder Frauen nichts passierte. Es lag nicht an Maja. Er lebte seit fünf Jahren mit ihr zusammen. Und er kam gut mit ihr aus. Es war sein Leben allgemein. Die Stadt, der Job, den er machte, all das türmte sich plötzlich in ihm auf wie ein Haufen schmutziger Wäsche. Zehn Jahre lebte er jetzt hier, und er wusste an diesem Nachmittag, dass es genug war. Es würde nichts mehr passieren. Die Entscheidung nach Nordfriesland zurückzukehren, war für ihn selbstverständlich. Dort gab es das Haus und die Menschen, die er kannte. Das Klima hatte ihm immer gefallen. Der frische Wind des Meeres tat ihm gut. Es war realistisch, dorthin zurückzukehren. Er würde seine Kneipe verkaufen und sich von dem Geld etwas Neues aufbauen. All das wusste er an jenem Sommernachmittag auf dem Balkon seiner Wohnung in Berlin-Schöneberg.

Als Maja an diesem Tag von der Schule nach Hause kam, hatte er ihr seinen Entschluss mitgeteilt. Nach Tränen, Streit und Schreien war die vernünftige und praktische Maja zum Vorschein gekommen, die wusste, dass sie ihn nicht umstimmen konnte. Und die sich entscheiden musste, ob sie mit ihm leben oder ihn verlassen sollte. Okay, hatte sie schließlich gesagt, warum nicht, vielleicht hat eine Beziehung auf Distanz auch ihre Reize. Wir werden es ausprobieren. Aber warum willst du nach Nordfriesland in diese Kälte. Wenn du unbedingt weg willst, warum nicht irgendwohin, wo es warm ist, Italien, Frankreich, aber ausgerechnet Nordfriesland. Dass seine Mutter dort lebte und das große Haus leer stand, war für Maja unbedeutend. Familie zählte für sie nicht. Und mit Zuhause und Kindheit verband sie nur einen Ort, von dem man weg musste, der weit entfernt lag in einem fremdem Land, an das man sich kaum erinnerte oder erinnern wollte. Dieses fremde Land lag nicht in Afrika oder Asien, sondern sozusagen vor der Haustür in einem kleinen Dorf in Brandenburg, in der Uckermark. Was für ihn Nordfriesland war, das war für Maja die Uckermark. Mit dem Unterschied, dass er die Verbindung dorthin nie abgebrochen hatte, während sie alles, was an dieses vormalige Leben erinnerte, radikal eliminiert hatte.

Warum das so war, hatte er selbst nach fünf Jahren des Zusammenlebens nie erfahren. Sie wollte nicht darüber reden und sie beendete Gespräche, die sich dem Thema näherten mit der lapidaren Bemerkung, dass es dort sterbenslangweilig und spießig sei.

"Was willst du eigentlich in Nordfriesland machen", hatte sie ihn mit einem letzten Anflug von Hoffnung, dass er es sich doch noch überlegen könnte, gefragt. "Willst du Schafe züchten?"

Sie hatten sich angesehen und dann beide gelacht.

"Du wärst ein verdammt gut aussehender Schäfer", hatte sie gesagt, "und es würde zu dir passen. Du brauchtest den ganzen Tag kein Wort zu reden, höchstens mit deinem Hund. Und außerdem heißt du Schäfer, wenn das kein Omen ist."

"Wieso Hund", hatte er gefragt.

"Als Schäfer brauchst du einen Hund. Der beste Freund eines Schäfers ist sein Hund, weißt du das nicht?"

Maja hatte ihr Thema gefunden. Und je mehr sie es ausmalte, um so amüsanter fand sie es. Sie erfand immer neue Geschichten, über die sie dermaßen lachen musste, dass ihr die Tränen über die Wangen liefen, ob vom Lachen oder aus Trauer war bei ihr nicht auszumachen. Lachen und Weinen lagen so nahe beieinander, dass das eine manchmal in das andere umkippte.

"Das ist eine gute Idee", hatte er schließlich gesagt, "warum nicht, ich züchte Schafe, Wiesen gibt es ja genug."

Und nun lebte er bereits drei Jahre hier. Er hatte seinen Entschluss nie bereut, und er züchtete tatsächlich Schafe.

2

Es war ein leiser, penetranter Ton, der sich mit unbarmherziger Monotonie in sein Gehirn bohrte. Er war nicht gleich wach, sondern schwamm eine kurze Weile im milchigen Dämmerzustand des Halbschlafes. In diesem Zustand streckte er seinen Arm aus und tastete nach dem Ausschaltknopf des Weckers. Er spürte die Kälte und zog schnell und angewidert den Arm unter die Bettdecke zurück. Dann erst öffnete er die Augen und war wach.
Er fror, vor allem seine Füße waren eiskalt. So war es jeden Morgen. Zuerst hörte er das gemeine Fiepen des Weckers, das ihn aus den Tiefen des Schlafes hervorholte und dann spürte er seine kalten, schweißnassen Füße. Seit er hier lebte, hatte er kalte Füße und diese Kälte hatte mit den Jahren zugenommen. Sie kroch langsam an ihm hoch. Hinzu kam, dass er in letzter Zeit häufig ein taubes Gefühl in den Beinen hatte. Seine Beine waren wie abgestorben und es dauerte eine Weile, bis das Blut schmerzhaft in sie zurückfloss. Er betrachtete sie voller Angst, und eines Tages stellte er mit Entsetzen fest, dass sie von der gleichen fahlen Blässe waren wie der nordfriesische Himmel, über den unablässig graue, schwere Wolken jagten. Er hatte sich vorgenommen, einen Arzt aufzusuchen. Bestimmt waren es Durchblutungsstörungen. Er war jetzt Mitte Dreißig, und er rauchte zu viel.
Regungslos und bis zum Halse zugedeckt lag er in dem blauweiß karierten Bettzeug.
Ich muss aufstehen, dachte er, aber sobald sich dieser Gedanke in ihm ausbreitete, überfiel ihn eine bleierne Schwere. Er rieb seine kalten Füße gegeneinander und krümmte sich wie ein Embryo unter der Bettdecke zusammen.

Noch einen Moment, dachte er, vielleicht wird es mir ja warm. Ich muss die Decke nur richtig um mich herumwickeln. So ist es gut, ja so.

Er legte seine Hände zwischen die Schenkel und schloss die Augen. Mechanisch umfasste er die Spitze des halb erigierten Glieds. Mit ein paar schnellen Bewegungen zog er die Vorhaut zurück, bis er den weichen klebrigen Schleim zwischen seinen Fingern spürte.

Das ist gut, dachte er, aber dann spürte er wieder die Kälte, und er dachte daran, dass er aufstehen musste und dass es mindestens eine Stunde dauern würde, bis das Haus warm war. Mit aggressiver Schnelligkeit bearbeitete er jetzt sein Glied. Sein Körper zuckte. In seinem Kopf sah er Frauen mit weit gespreizten Schenkeln.

So ist es recht, ja so, noch einen Moment.

Er stöhnte leise und sein Gehirn grub sich verbissen in die klaffenden Schenkel der Frauen. Dann floss die Flüssigkeit aus ihm heraus und blieb feucht und erkaltet zwischen seinen Schenkeln liegen.

Es hat keinen Sinn, dachte er, es hat alles keinen Sinn.

Seine Hand kroch wieder aus der Bettdecke hervor und schob den Vorhang des Fensters beiseite. Vom Bett aus konnte er den Himmel sehen, der wie ein schmutziges Bettlaken über ihm hing. Es regnete. Er legte den Kopf unter den Arm. Ein leichter Spermageruch drang ihm in die Nase. Ihm wurde übel, und er drehte den Kopf zur Seite.

Was ist bloß los mit mir, dachte er, ich darf mich nicht so gehen lassen. Bestimmt liegt es am Wetter. Diese Kälte und der Wind, der ewige Wind. Ich bin das nicht gewöhnt.

Sein Blick glitt ziellos im Zimmer umher und blieb dann an dem Bett seines Sohnes haften. Es stand einen halben Meter von ihm entfernt. Mit der ausgestreckten Hand konnte er es bequem erreichen. Seine Frau hatte das Bett dort hingestellt, weil das Kind nachts weinte. Das Bett war jetzt leer. Sie nahm den Jungen morgens mit, wenn sie zur Arbeit fuhr und brachte ihn in den Kindergarten der nächstgelegenen Kleinstadt. Mittags, wenn sie von der Arbeit zurück kam, holte sie ihn wieder ab.

Er dachte, ohne dieses Kind wäre alles einfacher gewesen, aber sie hatte es gewollt, unbedingt, und jetzt schlief es in ihrem Zimmer, jede Nacht und immer bei Licht. Dieses Kind schlief nur bei Licht. Vielleicht lag es daran, dass er so durcheinander war, dass er sich leer und lustlos fühlte, weil Nacht für Nacht das Licht durch seine geschlossenen Augenlider drang und ihn verrückt machte. Er hatte noch nie bei Licht schlafen können, und nun musste es sein, weil das Kind sonst weinte. Seine Frau bestand darauf.

Seit das Kind hier war, schlief sie kaum noch mit ihm. Ihr weicher, warmer Hintern lag in der Mulde seines Schoßes, aber er war bedeckt mit dem geblümten Stoff der langen Bibernachthemden, die sie trug, seit sie in Nordfriesland lebten. Aber das war es nicht allein. Er spürte, dass ihr Kopf meilenweit von ihm entfernt war und das war schlimmer als die Nachthemden, die ihn in fataler Weise an seine Mutter erinnerten.

Und er brauchte die Wärme, er fror doch hier, und nachts schrie das Kind, und ihr Hintern entfernte sich von ihm, und er wachte auf, und das Licht stach ihm in die Augen.

Plötzlich sprang er mit einem Ruck auf und setzte sich auf die Bettkante, sein Gesicht war verzerrt. Er zog sein rechtes Bein an und stieß es mit voller Wucht gegen das Kinderbett. Es schwankte leicht.

"Was machst du denn da", sagte er leise und lächelte beschämt.

Er stellte das Kinderbett wieder gerade und stand auf. Wie er erwartet hatte, war es kalt, lausig kalt. Seine Zähne schlugen gegeneinander, er bekam eine Gänsehaut. Es war Anfang Mai.

Fünf Winter überstanden, dachte er, fünf Winter, das ist doch was, das soll mir mal jemand nachmachen. Mit nichts haben wir angefangen. Das Haus war ein Saustall, sogar durchgeregnet hat es, und die Balken waren morsch, aber ich habe es geschafft, ganz allein. Gestern hat ein Auto vor dem Haus gehalten, und die Leute sind ausgestiegen und haben es fotografiert. Letzten Sommer haben sie das Strohdach erneuert. Sogar im Dorf reden sie darüber. Er ist jetzt anerkannt, er kann sich sehen lassen. Und wenn er erst den Dachboden ausgebaut hat, dann können sie Feriengäste nehmen, dann geht es ihnen gut. Vielleicht schaffen sie sich Ponys an. Na klar, einen Ponyhof, das kommt gut an heutzutage. Es war doch gut, dass sie hierhergezogen waren raus aus der Stadt, weg von den Menschen.

Er zitterte heftiger. Seine Haut war übersät mit kleinen aufrecht stehenden dunkelblonden Härchen.

Verdammte Kälte, dachte er wieder.

Schnell zog er den dicken Pullover über sein ärmelloses Unterhemd und schlüpfte in seine Hosen. Unschlüssig stand er in dem kleinen Raum mit der niedrigen Decke und den selbst gezimmerten Kiefernmöbeln. Direkt neben seinem Fuß lag ein abgegriffener Teddybär. Er bückte sich langsam und hob ihn auf. Dann stand er ratlos mit dem Plüschtier in der Hand im Raum und fror. Es passierte ihm jetzt häufiger, dass er nicht wusste, was er tun sollte, wie es weiterging. Er kam sich vor wie im Kino, wenn plötzlich der Film riss und man für ein paar Minuten nichts anderes sah als die schwarze Leinwand. Er starrte auf den Teddybär in seiner Hand und kam langsam wieder zu sich. Er hatte gestern Abend eine Schlaftablette genommen, eine von den Dingern, die seine Frau aus dem Altersheim mitbrachte, in dem sie arbeitete. Außerdem trank er zu viel.

Tabletten und Alkohol, das verträgt sich nicht. Damit durfte er gar nicht erst anfangen.

Er warf den Teddybär in das Kinderbett und verließ das Schlafzimmer. Er durchquerte den Wohnraum, ging in den Flur und von da aus in das angrenzende Badezimmer. Zuerst musste er sich waschen. Der Geruch seines Körpers störte ihn. Er blickte in den Spiegel über dem Waschbecken. Sein Gesicht war blass und großporig, mit vielen kleinen Narben darin. Als Jugendlicher hatte er Akne. Das war eine schlimme Zeit. Er schämte sich vor den Mädchen wegen seiner Pickel. Aber Gott sei Dank, die waren weg. Nur die Narben und Poren waren geblieben.

3

Das Wasser strömte aus der Leitung. Er wusch sein Gesicht, seine Hände und die Innenseiten seiner Schenkel. Er machte es schnell.

Bloß anziehen, dachte er, es war ein Fehler sich zu waschen. Er hätte zuerst den Ofen heizen sollen, dann wäre es jetzt nicht mehr so kalt.

Jetzt hörte er etwas und lauschte angestrengt. Durch die Wand drang das Geräusch schwerer, schlurfender Schritte. Er zog den Reißverschluss der Hose hoch und streifte den Pullover über den Kopf.

"Ist da jemand?"

Die Küchentür quietschte. Er ging hinaus auf den Flur. In der offenen Küchentür stand ein Mann mit einer knielangen, abgewetzten Jacke und einem schwarzen in die Stirn gezogenen Filzhut, unter dem schulterlange blonde Haare hervor sahen. Seine Beine steckten in hohen Gummistiefeln. Der Mann mit dem Filzhut wandte sich um und sah ihn an.

"Morgen", sagte er, "Christine meint, mit dem Schaf ist etwas nicht in Ordnung, ich sollte mal nachsehen."

Er sah den Mann verständnislos an, dann erkannte er ihn, es war der Schäfer, und er erinnerte sich wieder.

"Ja, das Schaf", sagte er, "es frisst nicht mehr, und es hat die ganze Nacht geblökt, es wird wohl lammen."

Der Schäfer grub seine Hände in die Taschen und nickte stumm.

"Ist es draußen", fragte er.

"Hinterm Haus." Er nahm eine alte Jacke vom Haken und zog seine Gummistiefel an. Schweigend ging er mit dem Schäfer durch den Stall, den er sich als Werkstatt ausgebaut hatte.

"Arbeitest du?" fragte der Schäfer.

15

"Ja", sagte er leise, "ich mache Küchenstühle. Christine gefallen die alten nicht mehr, sie sind noch aus der Stadt."

Er sah auf einen halbfertigen Stuhl. Es war eine dilettantische Arbeit. Jeder Profi hätte das sofort erkannt. Er hatte zu viel Nägel benutzt, das Holz war verzogen und die Maserung passte nicht.

"Du tischlerst gern."

Täuschte er sich, oder hatte er einen leichten Spott in der Stimme des Schäfers gehört. Gut, er war kein Fachmann, aber niemand sollte sich über ihn lustig machen. Er hatte die morschen Balken im Haus erneuert, er hatte Möbel gebaut, er hatte mit eigenen Händen das Holz aus dem Wald geholt. Er tischlerte nicht nur gern, er brachte etwas zustande, etwas Nützliches.

"Ich bin oft hier", sagte er, "komme nicht mal dazu, nach den Schafen zu sehen."

Der Schäfer schwieg. Er ging gleichmütig neben ihm her. Noch nie war es ihm gelungen, ein Gespräch mit ihm zu führen. Der Schäfer sagte ein Wort, einen Satz, dann schwieg er. Wie ein Monolith standen seine Worte in einem Meer von Schweigen, und dieses Schweigen machte ihn nervös. Er hatte den Verdacht, dass mit dem Mann etwas nicht stimmte, dass hinter seiner Ruhe etwas lauerte, etwas Bösartiges, Perverses. Er fühlte sich von ihm beobachtet auf eine kalte, abschätzende Weise.

Der will mich fertig machen, dachte er, aber es wird ihm nicht gelingen.

Doch gleich darauf verscheuchte er den Gedanken, er kam ihm lächerlich vor. Er war einfach überreizt, überempfindlich, weil er nachts nicht schlief. Was sollte schon sein, der Schäfer war hier aufgewachsen auf dem flachen Land, die waren hier alle so. Der Wind machte das Reden schwer. Er trug die Worte weg, bevor sie richtig ausgesprochen waren. Der Schäfer war in Ordnung. Er war es, mit dem etwas nicht stimmte, er ganz allein.

Sie gingen hinaus. Die Stalltür schlug zu. Eine Windböe hatte sie erfasst. Der Riegel zitterte und die schmalen Holzbalken vibrierten. Er knöpfte seine Jacke zu, die Arme kreuzte er über der Brust zusammen, eine Haltung, die er automatisch einnahm, sobald er das Haus verließ. Anfang Mai, dachte er, und nichts grün.

"Dieses Jahr ist es besonders schlimm mit dem Wind", sagte er, um das Schweigen zu durchbrechen, "gestern ist eine Fensterscheibe zerbrochen."

"Ja, es könnte wärmer sein", erwiderte der Schäfer.

Sie überquerten den Hof, bis sie an den Zaun der Schafwiese kamen. Es hatte aufgehört zu regnen. Der Boden war aufgeweicht und an ihren Stiefeln klebte zäher Schlamm. In den großen Pfützen spiegelten sich die vorüberziehenden Wolken.

"Da hinten am Zaun liegt es, wir haben es weggebracht von den anderen."

Christine hat das gemacht, dachte er, sie hat dem Schaf einen Strick um den Hals gebunden und es hierher gezogen, damit sie es besser beobachten kann. Das Schaf bekommt Junge, dass gefällt ihr, das ist ihr Element. Er erinnerte sich, dass er beobachtet hatte, wie sie mit beiden Händen nach dem Bauch des Schafes gegrapscht hatte. Ja grapschen, das war genau das richtige Wort. Als ob das Schaf etwas davon hätte, wenn sein Bauch anschwoll und es Junge bekam.

Das Schaf lag direkt vor dem Zaun. Es blökte leise und langgezogen. Es hörte sich an wie ein Stöhnen. Ab und zu sprang es auf die Beine, um gleich darauf wieder zusammenzusacken, oder es drehte sich schwerfällig von einer Seite auf die andere. Der Schäfer bückte sich und schaute zwischen die Hinterbeine. Bei jeder Wehe schob sich etwas aus dem Schaf heraus. Er ekelte sich davor und dachte wieder an Christines grapschende Hände.

"Die Lämmer liegen verkehrt", sagte der Schäfer, "siehst du, da ist der Schwanz, es ist eine Steißgeburt."

Er zog leicht daran, und da hatte er den Schwanz des ungeborenen Lamms in der Hand. Es roch nach verfaultem Fleisch.

"Wahrscheinlich sind sie tot."

Das Schaf hatte sich wieder hingestellt. Es blökte kraftlos.

Die Hand des Schäfers glitt in die schleimige Öffnung, und dann zog er etwas aus dem Schaf heraus.

Ihm wurde übel und er sah weg.

"Sie sind beide tot", sagte der Schäfer und wischte seine Hände am Gras ab. "Es ist ein altes Tier und dann gleich zwei Lämmer, da passiert so etwas schon mal."

Jetzt sah er wieder hin. Die toten Lämmer lagen nebeneinander. Sie waren noch feucht und das Schaf leckte sie.

Er sah wieder Christine vor sich mit ihren über den Bauch des Schafes tastenden Händen, und er dachte, das geschieht ihr recht.

"Das Schaf kommt im Herbst zum Schlachten", sagte er geistesabwesend. In seinem Kopf war Christine, wie sie mit einem süßlichen Lächeln dem Schaf das Messer in den Nacken stieß. Er lachte kurz auf.

"Du musst sie vergraben", sagte der Schäfer ruhig, "und pass auf, dass es keine Drüsenentzündung bekommt."

Eine Windböe kam, griff unter das gelbe Gras und drückte es zu Boden. Die Büsche bogen sich bis zur Erde hinab, und das Fell der toten Lämmer wurde hochgehoben, es sah aus, als atmeten sie. Um warm zu werden, schlug er sich mit der flachen Hand gegen die Oberarme und tippelte von einem Bein auf das andere. Der Schäfer hielt seinen Filzhut fest. Das Schaf leckte immer noch an den Lämmern.

Eine Weile standen sie schweigend nebeneinander, dann gingen sie ins Haus zurück.

"Möchtest du einen Kaffee", fragte er den Schäfer, nachdem sie die Werkstatt durchquert hatten und wieder in dem kleinen Flur standen, der voll gehängt war mit Jacken und Regenzeug.

"Danke", sagte der Schäfer, "ich muss weg, rüber zu Tiemann, wegen der Wiesen was klären."

Er stapfte durch den Flur und öffnete die Tür, die zur Straße führte. Der Wind fegte herein und warf die Gummistiefel um.

"Danke, dass du gekommen bist."

Der Schäfer machte eine abwehrende Geste. Er ging durch die weiße Gartentür die Straße entlang, Tiemann war der nächstgelegene Bauer. Sein Gehöft war ungefähr fünfhundert Meter von seinem Haus entfernt. Wenn er abends draußen war, konnte er ein erleuchtetes Fenster sehen, das einzige menschliche Zeichen in der Dunkelheit. Er schloss die Tür. Der Wind stemmte sich dagegen. Er drehte den Schlüssel herum und trat gegen die umgefallenen Gummistiefel.

Er musste jetzt den Ofen heizen, damit es endlich warm würde. Sein ganzer Tagesplan war wegen des Schafes durcheinander gekommen. Er dachte an die toten Lämmer draußen auf der Wiese und er beschloss, sie liegen zu lassen, bis Christine kam. Er würde ihr nichts sagen, er hoffte, sie zu erschrecken und ihr ständiges Lächeln zum Verschwinden zu bringen. Vielleicht würde sie kreischen und für einen Moment käme ihr schleppender, norddeutscher Akzent durcheinander, den sie hier oben kultivierte und den er noch nie hatte leiden können.

Er hängte seine Jacke an den Haken und zog seine Stiefel aus, dann ging er durch die Küche zu dem kleinen Raum, in dem der Ofen stand, der das Haus beheizte. Er heizte mit Holz, das er mit seinem alten Trecker aus dem Wald holte. Der Förster hatte die Bäume markiert, die er schlagen durfte. Er brachte die Stämme in die große Scheune neben dem Haus und zersägte sie dort. In der Scheune waren ein paar abgetrennte Schweineboxen. In einer dieser Boxen stand das Pony, das sie vor einem halben Jahr für ihren Sohn gekauft hatten. Christine hatte es gewollt, obwohl das Kind noch viel zu klein war. Jetzt musste er auch noch für das Pony sorgen. Er hatte alles am Hals.

Manchmal ritt Christine auf dem Tier. Sie drehte ein paar Runden um das Haus. Aber meist setzte sie ihren Sohn auf das Pony und führte es an der Longe immer im Kreis herum. Der Wind wehte ihr das aschblonde Haar ins Gesicht, und sie lächelte das Kind an, das seine Finger in die Mähne des Tieres verkrallt hatte. Sie hatte Ausdauer. Immer im Kreis herum auf der mit Maulwurfshügeln übersäten Wiese, bis das Kind herunter wollte.

4

Der Ofen brannte jetzt, das wusste er, denn er kannte die Geräusche, die aus seinem Inneren kamen und die er mit gespannter Erregung verfolgte. Das Knistern, wenn das Holz von den Flammen erfasst wurde, zuerst zaghaft und sanft und das zischende Knallen, wenn die Flammen in kleinen Explosionen ihre glühenden Finger in die Holzscheite bohrten. Und wenn dann der Wind durch den Schornstein fuhr, hoppla, das gefiel ihm. Dann schwollen die Geräusche an, dann war es wie ein Brand, der jeden Augenblick losbrechen konnte. Die Wände des gusseisernen Ofens flogen auseinander, und die Glut ergoss sich im Haus. Es war schön anzusehen, wenn das Strohdach sich plötzlich entzündete und wie ein großer Feuerball über dem Haus hing.

Er öffnete die Ofenklappe. Die Hitze brannte in seinem Gesicht und glücklich schloss er die Augen. Aber jetzt musste er etwas tun. Das Pony auf die Wiese bringen und Holz sägen und tischlern vielleicht. Wenn Christine mit dem Kind im Hause war, kam er zu nichts. Die Tage waren zu kurz. Sie zerrannen ihm zwischen den Fingern.

Er ging zurück in die Küche und stellte den Wasserkessel auf den Gasherd. Zuerst wollte er frühstücken. Er trank Tee aus einer henkellosen Tasse und aß Vollkornbrot mit Honig. Er saß in der Küche auf dem alten Sofa vor dem großen Tisch. Über dem Sofa hing die Uhr, deren Ticken den Raum erfüllte. Während er das Brot kaute, überkam ihn eine gedankenlose Leere.

Dann spürte er den Schmerz. Einen heftigen, stechenden Schmerz, der ihn anfiel wie ein wildes Tier. Er begann an der rechten Schläfe und erfasste den Kopf wie einen Schraubstock.

Oh Gott, stöhnte er und drückte seine Finger gegen die Schläfe. Mit zittrigen Händen goss er Tee in seine Tasse, während der Schmerz in seinem Kopf tobte. Er stand vom Sofa auf und ging ins Badezimmer.

Das konnte er unmöglich aushalten. Dagegen musste er etwas tun.

Über dem Waschbecken, neben dem Spiegel hing ein kleiner, weißer Schrank, in dem sie Medikamente aufbewahrten. Das meiste brachte Christine mit aus dem Altersheim, in dem sie arbeitete. Vor allem Schlaftabletten und Schmerzmittel und all das Zeug zum Beruhigen.

Wo waren die Tabletten nur, die er neulich genommen hatte, als er diesen Anfall bekam.

Mit fahrigen Bewegungen durchsuchte er den Schrank. Ein paar Tablettenröhrchen fielen heraus und kullerten über den Boden. Endlich entdeckte er die rotweiße Schachtel mit der schwarzen Aufschrift. Es waren noch drei Tabletten in der eingeschweißten Folie. Die anderen hatte er vor einer Woche genommen, als er diese Kopfschmerzen hatte. Er nahm zwei Tabletten heraus und steckte sie in den Mund. Aus der hohlen Hand schlürfte er Wasser nach.

Noch eine Tablette dachte er, das wird niemals reichen.

Aber dann sah er beim Zurückstellen, dass Christine zwei neue Packungen mitgebracht hatte. Er war verdutzt, denn er wusste genau, dass er ihr nichts von seinen Kopfschmerzen erzählt hatte. Er wollte nicht jammern, und sie selbst nahm nie etwas.

Wieso hatte sie die neuen Packungen mitgebracht? Kontrollierte sie regelmäßig die Medikamente? Auch die Schlaftabletten waren früher nicht in dem weißen Schrank gewesen, jedenfalls nicht in den Mengen. Wann hatte das angefangen, dass sie dieses Zeug anschleppte?

Seit er nicht mehr schlafen konnte, oder war es schon früher?

Er ging in die Küche zurück und legte sich auf das alte Sofa. Er war jetzt ruhiger, denn er wusste, dass die Schmerzen nachlassen würden, und diese Gewissheit machte sie erträglicher, sie milderte das Schrille, stumpfte sie ab zu einem gleichförmigen Druck. Er schloss die Augen und versuchte, sich zu entspannen. Gleichzeitig aber dachte er an die Tabletten. Und jetzt wollte er sich erinnern. Irgendwann vor einem halben Jahr hatte er sie entdeckt, als er nicht schlafen konnte. Oder hatte Christine es ihm gesagt? Natürlich, sie hatte sie ihm empfohlen. Sie hatte gesagt, es sei ungefährlich, er könne sie nehmen, wenn er nicht schlafen könnte. Ja, so war es. Sie hatte sie ihm regelrecht aufgeschwatzt. Und dann wurden es immer mehr. Am Tag war er lustlos und müde, und sie gab ihm etwas anderes. Und dann vor einem Monat fingen die Kopfschmerzen an. Er setzte sich auf. Wie leichtsinnig, dachte er. Hatte er sich jemals durchgelesen, was er da nahm? Er hatte sich auf Christine verlassen. Sie musste es ja wissen, sie gab doch den Alten davon, sie kannte die Wirkung. Trotzdem, dachte er, es war leichtsinnig. Vielleicht kamen seine Kopfschmerzen und seine Schlaflosigkeit gerade von den Tabletten. Vielleicht wollte sie, dass er so wurde. Nein, nein, das war lächerlich. Und jetzt wusste er auch wieder, wie es war. Er hatte gestern Abend zu viel getrunken. Mindestens fünf Flaschen Bier, oder waren es mehr? Das hätte er nicht tun sollen, er wollte doch nicht mehr trinken, er hatte es sich fest vorgenommen. Aber wie konnte er aufhören, wenn Christine ihm das Bier hinstellte. Er saß vor dem Fernseher und sie stellte die Flaschen vor ihn auf den kleinen Wohnzimmertisch. Er brauchte nicht einmal den Arm auszustrecken. Er trank Flensburger mit Schnappverschluss, schnapp, das ging ganz einfach. Sie war schuld. Sie brachte ihn dahin, dass er trank und sich elend fühlte. Aber nun fiel es ihm wieder ein. Sie war um zehn ins Bett gegangen, und er hatte dagesessen mindestens bis eins, vielleicht auch länger. Sie konnte das Bier nicht hingestellt haben. Es sei denn, sie hätte ihm mehrere Flaschen auf einmal gebracht. So könnte es gewesen sein. Aber warum sollte sie das tun? Sie wollte doch nicht, dass er trank, sie wollte ihn nicht fertigmachen. Plötzlich fiel ihm der Schäfer ein. Der hatte aber etwas gegen ihn. Er musste auf der Hut sein. Er stand auf und ging ins Wohnzimmer. Der Tisch war leer. Klar, dachte er, Christine hat aufgeräumt, das macht sie jeden Morgen, bevor sie zur Arbeit fährt. Sie hat die Flaschen weggeräumt.

Er lief in die Küche zurück und durchwühlte den Abfalleimer. Zwei Bierflaschen fand er darin. Verdammt, dachte er, wo sind die anderen, wo hat sie sie versteckt.

Der Schmerz wurde wieder heftiger. Er spürte jeden Schritt in seinem Kopf. Es war ihm, als liefe jemand mit schweren Stiefeln durch sein Gehirn. Und wieder dachte er an den Schäfer.

Erschöpft setzte er sich auf das Sofa. Ruhig, sagte er zu sich, ruhig. Denke nach. Niemand hat dir etwas hingestellt. Wie kommst du dazu, Christine zu verdächtigen.

Der Schmerz ließ wieder nach und er spürte eine große Müdigkeit in sich aufsteigen. Jetzt wollte er nicht mehr nachdenken, nur noch schlafen, ein wenig schlafen. Er sah auf die Uhr. Es war fast elf. In zwei Stunden würde Christine nach Hause kommen, und er hatte nichts getan. Aber das war egal, er wollte ausruhen und an nichts mehr denken.

5

Als das Telefon klingelte wusste er nicht gleich, was los war. Er fühlte sich benommen, als hätte er stundenlang tief und fest geschlafen. Die Küchenuhr über dem Sofa tickte, es war zwölf Uhr.

Erst eine Stunde her, seit er sich hingelegt hatte. Es kam ihm wie eine Ewigkeit vor. "Ich komme schon", murmelte er und erhob sich langsam. Er fühlte sich gehetzt. Nie hatte er Ruhe. Das Telefon stand im Wohnzimmer auf dem alten Schreibtisch, den sie einem Bauern abgekauft hatten. Er nahm den Hörer ab, ohne sich zu melden.

"Bist du es, Theo?"

Er erkannte Christines Stimme sofort. Wie immer war sie schleppend und laut und ihr norddeutscher Akzent tat ihm in den Ohren weh.

"Wo warst du denn", fragte sie gereizt, "es hat ja eine Ewigkeit gedauert."

"Entschuldige, ich hatte mich hingelegt, ich hatte Kopfschmerzen."

"Geht es dir besser?" Ihre Stimme klang besorgt.

"Ja, ja", sagte er schnell, "ich habe etwas genommen."

Es entstand eine Pause. Er hörte Christine am anderen Ende der Leitung atmen.

"So", sagte sie gedehnt und dann nach einem kleinen Räuspern, "war denn etwas da?"

Heuchlerin, dachte er, du hast das Zeug doch mitgebracht.

"Es waren drei Packungen im Schrank." Gespannt wartete er auf ihre Antwort, aber sie erzählte ihm etwas aus ihrem Altersheim. Er hörte nicht hin. Sie sprach jetzt schnell und er hatte das Gefühl, als wollte sie das Thema beenden.

Sie ist unsicher geworden, dachte er, ich habe sie durchschaut und sie weiß nicht mehr, was sie sagen soll. Sie hat etwas mit mir vor, das ist ganz klar, aber es wird ihr nicht gelingen, denn er weiß Bescheid, er wird ihr die Suppe versalzen, sie wird sich wundern.

"Theo, bist du noch da, warum sagst du denn nichts, geht es dir gut?"

Er hörte ihre Stimme von ganz weit her, und es dauerte eine Weile, bis er begriff, dass sie ihn etwas gefragt hatte.

"Entschuldige, ich fühle mich benommen, wahrscheinlich kommt es von den Tabletten."

Wieder wartete er gespannt auf ihre Antwort, aber sie ging nicht darauf ein.

"Ich komme heute später", sagte sie, "der Junge hat Ohrenschmerzen. Ich gehe mit ihm zum Arzt. Gegen drei bin ich zu Hause."

Wie geschäftig sie tut, dachte er, und wenn sie nach Hause kommt, wird sie essen kochen und aufräumen. Und er, was hat er getan. Aber es lag ja an den Kopfschmerzen und den verdammten Tabletten. Wie konnte er da arbeiten. Sonst kümmerte er sich doch um alles. Das bisschen Arbeit, das sie vormittags hatte in einem Altersheim mit lauter Verrückten.

Er wollte gerade auflegen, als sie ihn nach dem Schaf fragte.

Im ersten Moment wusste er nicht, was er sagen sollte. Er dachte an die toten Lämmer draußen auf der Wiese und an den Schäfer.

"Es geht ihm gut", log er. Seine Stimme klang ruhig und überzeugend.

"Frisst es wieder?"

"Der Schäfer sagt, es geht ihm gut, wahrscheinlich bekommt es zwei Lämmer."

26

"Dann fahre ich noch mal hin", sagte Christine, "du weißt doch, das Schaf ist alt, da kann allerhand passieren, man muss vorsichtig sein."

Er wollte noch sagen, dass es nicht nötig wäre, aber da hatte sie schon aufgelegt.

Das ist dumm, dachte er, sehr dumm. Sie wird alles erfahren. Sie wird wissen, dass er gelogen hat, und sie wird sich mit dem Schäfer unterhalten, mit diesem Menschen, den er nicht leiden kann. Und dann werden sie sich ihr Teil denken. Vielleicht, dass er verrückt ist, dass mit ihm etwas nicht stimmt. Das musste er verhindern, unbedingt. Wie würde er denn dastehen, wenn es die anderen erführen. Denn so etwas behält man nicht für sich, nicht einmal der Schäfer, der sonst so schweigsam war.

Neben dem Telefon lag ein kleines Adressbuch. Hastig blätterte er darin herum. Der Schäfer hieß Henrik, Henrik Schäfer.

Aber er konnte den Namen nicht finden, konnte sich auch nicht erinnern, ihn jemals in dem Adressbuch gesehen zu haben. Er hatte ihn auch niemals angerufen. Der Schäfer kam vorbei, wenn er zum Nachbarbauern ging. Einfach so. Wieso wusste Christine, wo er wohnte. Gut, im Dorf kannten sich alle, das war normal, aber wieso ging sie zu ihm. Er erinnerte sich, dass sie sich oft mit dem Schäfer unterhalten hatte, mit diesem verschlossenen Menschen. Neulich erst, da hatten sie in der Küche gesessen auf dem alten Sofa. Der Schäfer hatte seinen Hut abgenommen und seine blonden Haare waren bis auf die Schultern gefallen. Und dann hatten sie die Köpfe zusammengesteckt und gelacht. Und als er hereinkam, waren sie verstummt.

Seine Hand lag auf dem Adressbuch. Er ballte sie zur Faust. Dann riss er wahllos ein paar Blätter heraus. Er spürte eine große Wut in sich aufsteigen. Alle waren sie gegen ihn. Er hätte nie hierher kommen dürfen in diese

Einöde. Aber Christine wollte es so. Sie hatte ihn hierher geschleppt, in dieses Haus, umgeben von Kiefernmöbeln. Und das Kind war aus ihr herausgekrochen. Er saß in der Falle. Er kam hier nicht mehr raus. Und sie lachte mit dem Schäfer. Er lief im Zimmer umher von einer Tür zur anderen und überlegte, was er tun könnte. Zwischendurch blieb er stehen und trommelte mit den Fingern auf das kleine Adressbuch, dann lief er wieder, bis sein Kopf leer wurde und die Spannung nachließ und ihm alles egal wurde. Sollten sie sich doch ihr Teil denken, was ging ihn das an. Er musste Holz sägen und das Pony auf die Wiese bringen. Wo war die Zeit geblieben, was hatte er den ganzen Vormittag getan?

Er ging in die Küche und trank den Rest kalten Tee aus, der noch vom Frühstück in der Tasse war. Danach ging er in den Flur und zog seine Gummistiefel und seine Jacke an. Dann blieb er unschlüssig stehen und dachte nach.

Plötzlich drehte er sich herum und stapfte mit entschlossenen Schritten in die Werkstatt. Er ergriff die große Axt, die auf einem der Regale lag und prüfte die Klinge. Dann ging er hinaus.

Draußen war es wie immer. Die Pfützen, die Wolken und die Maulwurfshügel. Sein Blick fiel auf die toten Lämmer. Sie interessierten ihn nicht mehr. Gleichmütig ging er auf die große Scheune zu. Er fröstelte nicht einmal mehr. Das Holz des Axtstiels in seiner Hand wärmte ihn. Erhobenen Hauptes und ohne die Arme über der Brust zu kreuzen erreichte er die Scheune.

Innen war es dämmrig. Es roch nach Holz, den Ausdünstungen von Tieren und vermodernden Gegenständen. Unmengen alten Gerümpels lagen herum. Alte Fahrräder und Autoreifen, Ersatzteile von Autos, die er einmal verwenden wollte. Als sie hierher gezogen waren, hatte er die Idee gehabt, Autos zu reparieren, aber ihm fehlten die

Kenntnisse und die Ausdauer. Jetzt lag alles herum, und er fand nicht die Kraft aufzuräumen.

Er ging in den hinteren Teil der Scheune, in dem das Pony stand. Es wieherte unruhig, als er sich näherte. Das Tier mochte ihn nicht, was auf Gegenseitigkeit beruhte. Blödes Vieh, sagte er leise und seine Hand, die das Beil hielt, pendelte langsam hin und her. Das Tier schnaubte und schlug mit den Hinterbeinen gegen die Stallwand.

Eine kleine getigerte Katze kam hinter einem Autoreifen hervor und strich ihm um die Beine. Er bückte sich und streichelte ihr langsam über den Kopf. Das Beil hatte er neben sich gestellt. Es wurde immer leerer in ihm, als hätte jemand mit einem großen Staubsauger alle Gedanken und Gefühle abgesaugt. Es war ein unangenehmes Gefühl. Diese Leere bereitete ihm fast Übelkeit. Er sah auf seine Hände, die sich auf dem Kopf der Katze bewegten, aber er spürte die Katze nicht mehr. Er sah nur noch diese sinnlosen, mechanischen Bewegungen. Dann erhob er sich. Die Katze strich weiterhin um seine Beine.

"Hau ab", sagte er und trat nach ihr. Sie mauzte leicht und verschwand wieder hinter einem Autoreifen. Er bückte sich und hob das Beil auf.

6

Kurz nach drei Uhr fuhr Christine mit ihrem roten Kleinwagen auf den Hof und parkte neben der Scheune. Hinter ihr, festgeschnallt in einem Kindersitz, saß ihr Sohn. Das Stillsitzen hatte seine Motorik derart erhöht, dass er pausenlos mit einem Tennisball gegen die Autoscheibe klopfte und raus, raus brüllte. Christine griff nach hinten und strich ihm über den Kopf, so wie man ein Tier streichelt, um es zu beruhigen. Dann stieg sie aus und öffnete die Hintertür, um ihn herauszulassen. Sofort rannte er los und warf seinen Tennisball in die Pfützen, dass es nur so spritzte. Christine öffnete die Tür des Kofferraums und holte zwei voll mit Lebensmitteln bepackte Basttaschen heraus und die Regenjacke und Stiefel ihres Sohnes. Obwohl sie klein und zierlich war, schaffte sie es, alles mit einer Hand und Schulter zu halten und die Kofferklappe des Wagens mit der anderen Hand zu schließen. Dann ging sie von der Last gebeugt ins Haus. Sie schnaufte ein wenig. Als sie in die Küche kam, warf sie die Taschen mit einem geschickten Schwung auf die selbst gezimmerte Küchenablage. Das erste, was ihr auffiel, war das schmutzige Geschirr auf dem Küchentisch. Sie presste die Lippen zusammen und zog die Mundwinkel nach unten. Um ihren Mund bildeten sich kleine Fältchen, die sie älter aussehen ließen. Mit unglaublicher Schnelligkeit räumte sie den Tisch ab und stellte das schmutzige Geschirr in die Spülmaschine. Dann ergriff sie einen Lappen und wischte die Krümel und Honigreste vom Tisch.
Sie leerte die Basttaschen und verstaute die Lebensmittel in die entsprechenden Schränke und Schubladen. Außer den Geräuschen ihrer präzisen Geschäftigkeit war es still im Haus. Nachdem sie die Küche aufgeräumt hatte, rief sie ihren Mann. Das erste Mal langgezogen mit einer

starken Betonung auf dem ersten Vokal und dann noch einmal, kurz und hart: "Theo!"

Als sich nichts rührte, ging sie ins Wohnzimmer. Sie bemerkte das aufgeschlagene Notizbuch auf dem Schreibtisch und die herausgerissenen Seiten. Wieder zogen sich ihre Mundwinkel nach unten, und die Fältchen um ihren Mund waren wie fein zerknittertes Stanniolpapier. Noch einmal rief sie den Namen ihres Mannes, aber dieses mal so leise, als erwarte sie keine Antwort. Ihr Gesicht entspannte sich. Sie setzte den Wasserkessel auf den Herd, um sich einen Kaffee zu machen. Während sie am Herd stand, beobachtete sie ihren Sohn durch das Küchenfenster. Er versuchte immer noch mit seinem Tennisball, die Pfützen zu treffen. Sie klopfte gegen die Fensterscheibe. Der Junge drehte sich um und lachte. Sie holte aus dem Küchenschrank eine große Tasse mit blauem Zwiebelmuster heraus. Ihre Lieblingstasse, aus der sie ihren Kaffee trank, wenn sie von der Arbeit nach Hause kam.

Nachdem sie das heiße Wasser auf das Kaffeepulver gegossen hatte, setzte sie sich auf das Sofa unter die Uhr. Sie genoss die Ruhe des Hauses und das Ticken der Wanduhr. Ihr Blick glitt wohlwollend über die hellen Küchenmöbel und die Arrangements von Pflanzen in den alten Steingut- und Terrakottatöpfen. Sie sah aus, als sei sie mit ihrem Leben zufrieden. Als sei sie aufgegangen in der bedürfnislosen Welt des nordfriesischen Alltags. Das laute Brüllen des Jungen unterbrach jäh die Stille. Und während sie sich erhob und die Kaffeetasse auf den Tisch stellte, waren da wieder die Fältchen um ihren Mund, verräterisch und scharf.

Sie öffnete das Küchenfenster und sah hinaus. Der Junge stand am Zaun der Schafwiese und heulte. Trotz des Windes war es laut. Es war das typische schrille Heulen von Kleinkindern.

"Was ist los", rief sie und versuchte mit ihrer Stimme gegen den Wind anzukommen. Der Junge drehte sich zu ihr um und zeigte auf etwas, das unmittelbar vor ihm lag. Da Christine kurzsichtig war, konnte sie nicht erkennen, was es war.

"Sei ruhig", rief sie, "ich komme ja schon."

Ohne sich etwas anzuziehen lief sie hinaus in ihrem kurzärmligen T-Shirt. Obwohl sie ein blasser, immer etwas kränklich aussehender Typ war, fror sie fast nie, im Gegenteil, der nordfriesische Wind tat ihr gut. Er rötete ihre Wangen und belebte sie.

Als sie bei ihrem Sohn ankam, bemerkte sie sofort die toten Lämmer. Einen Moment lang wirkte sie bestürzt. Aber dann presste sie die Lippen zusammen, und der kurze Augenblick der Irritation verschwand aus ihrem Gesicht.

Der Junge hatte aufgehört zu weinen und sah sie fragend an. Dann wandte er sich um und lief so schnell ihn seine kurzen Beine trugen zur Scheune. Er rief nach seinem Vater mit schriller, erschreckter Stimme.

Christine versuchte ihn zurückzuhalten, aber er war zu schnell. Und bevor sie ihn zu fassen bekam, war er verschwunden. Sie ging ihm nach, wartete aber vor der angelehnten Scheunentür, die bei jeder Windböe mit einem lauten Krachen zuschlug, um gleich darauf wie von Geisterhand geöffnet zu werden, den Blick freigebend in eine ungewisse Dunkelheit.

Außer den Geräuschen des Windes und dem Schlagen der Tür hörte man nichts. Dann war die kleine, blasse Kinderhand an der Tür zu sehen, sie stemmte sich gegen den Wind, aber sie hatte keine Kraft. Der Wind schlug die Tür von neuem zu und die Hand verschwand kurz vor dem Zuschlagen. Christine stand unbeweglich auf der gleichen Stelle, dann löste sich die Starre. Sie rannte auf die Scheunentür zu und öffnete sie, um ihren Sohn herauszulassen.

Mutter und Sohn sahen sich an. Das Kind mit vor Bestürzung weit aufgerissenen Augen. Zögernd ging es auf seine Mutter zu, sich immer wieder umblickend, als würde es verfolgt, als käme etwas hinter ihm her, das ihn festhalten wollte. Christine hockte sich hin und breitete die Arme aus. "Komm", sagte sie, "komm her, was ist los?"

Der Junge schluchzte auf und mit einem letzten angestrengten Schritt flüchtete er sich in die Arme seiner Mutter.

"Ist gut", sagte Christine wieder und streichelte seinen Kopf, während das Schluchzen des Jungen überging in ein lautloses Weinen. Sie hockten eine Weile da und der Wind ging über sie hin und verfing sich in ihren Haaren.

Der Junge zitterte, er fror und sein Gesicht wurde immer blasser, aber er hörte auf zu weinen.

Christine löste sich aus der Umarmung. Mit einem leichten Schubs stellte sie ihren Sohn vor sich hin. Ihre Arme waren ausgestreckt und die Hände umfassten seine kleinen, dünnen Oberarme.

"Ich gehe in die Scheune", sagte sie und schüttelte ihn leicht, als wollte sie ihn aufwecken.

Der Junge reagierte nicht.

"Sieh mich an", sagte sie und ihre Hände an seinen Oberarmen spannten sich.

"Ich gehe in die Scheune und du wartest hier, bis ich wiederkomme. Hast du verstanden?"

Der Junge nickte, und sagte leise Ja.

Christine ging auf die Scheune zu. Kurz bevor sie die Scheunentür erreichte, drehte sie sich noch einmal um.

Ihr Sohn stand regungslos an der gleichen Stelle und schaute ihr nach.

Auf einmal wurde es hell. Der Wind hatte die Wolken auseinandergerissen, und der Himmel entblößte sich in einem leuchtenden Blau. Der Junge schaute in die Sonne, deren Wärme durch seinen kleinen Körper rann. Ein Schwarm Vögel setzte sich in den großen Ligusterbusch neben der Scheune. Sie pickten die Beeren auf, die noch vom letzten Jahr an den Zweigen hingen und die den Winter überdauert hatten. Sie machten einen fürchterlichen Krach, als ob sie sich stritten und der Junge musste über ihr Gekreische lachen.

Seine Mutter kam aus der Scheune zurück, aber er bemerkte sie nicht. Erst als sie neben ihm stand und er ihre Hand auf seinem Kopf spürte, drehte er sich herum und sah sie an.

Sie lächelte. Um ihren Mund war Blut, das sich langsam zu feinen Fäden zusammenzog und den Linien ihrer Falten folgte. Sie sah aus wie ein kleiner Teufel. Der Junge zeigte auf ihr Gesicht, und sie wischte mit der Hand darüber. Jetzt war ihr ganzes Gesicht beschmiert. Sie schaute auf ihre Hände, auch sie waren rot. Der Junge sah sie an und sein Gesichtsausdruck schwankte zwischen Bestürzung und Lachen.

Sie ergriff seine Hand. "Komm", sagte sie und zog ihn hinter sich her. Die Sonne schien auf ihr blutiges Gesicht und ließ es leuchten wie eine Mohnblume.

Als sie wieder im Haus waren, setzte Christine ihren Sohn auf das Sofa in der Küche unter die Wanduhr. Sie selbst ging ins Badezimmer. Sofort nach dem Eintreten bemerkte sie die Tablettenröhrchen auf dem Fußboden. Sie hob sie auf und stellte sie in den kleinen weißen Schrank über dem Waschbecken, gleich neben die anderen Tablettenschachteln. Dann wusch sie sich sorgfältig und kämmte ihr Haar.

Als sie zurück kam, saß der Junge nicht mehr auf dem Sofa sondern auf dem Fußboden, wo er mit einem kleinen Spielzeugauto zwischen den Terrakottatöpfen hindurchfuhr. Als sie eintrat, erschrak er.

"Du brauchst keine Angst mehr zu haben", sagte sie und streckte ihre Arme nach ihm aus.

"Soll ich deine Spielzeugkiste holen?"

Er nickte stumm.

Christine verschwand im Wohnzimmer und kam mit einer selbst gezimmerten Kiste zurück. Sie stellte sie vor ihn hin und lächelte ihm aufmunternd zu. Der Junge zögerte noch, dann begann er zaghaft, in der Kiste zu kramen.

Christine setzte sich auf einen Stuhl und stützte die Ellenbogen auf den Tisch. Dann trank sie den Rest Kaffee aus, der inzwischen kalt geworden war. Die Stille des Hauses war ihr unangenehm. Sie lag wie eine kalte Hand auf allen Gegenständen. Nicht einmal das Ticken der Wanduhr und das Klappern der Bauklötze konnte sie durchbrechen. Sie fuhr mit der Hand über ihr Gesicht, als ob sie etwas wegwischen wollte, dann stand sie auf und ging ins Wohnzimmer. Sie nahm den Telefonhörer ab und wählte die Nummer der Polizei. Man hörte das leise Tuten in der Leitung und dann eine Stimme.

"Mein Mann ist tot", sagte Christine, "er hat sich erhängt." Sie schwieg einen Moment und schluckte, dann gab sie mit fester Stimme und schleppendem norddeutschen Akzent ihre Adresse durch.

7

Durch die Stille des Hauses drang der Schrei quietschender Autobremsen. Wahrscheinlich hatten die Fahrer erst in letzter Sekunde die Hausnummer gesehen, die auf dem abgeblätterten Emailleschild an der Gartentür stand.

"Hier ist es, Nummer fünf, hätte ich beinahe übersehen", sagte der Fahrer des schwarzen Pkw zu seinem Nebenmann, "könnten sich mal ein neues Schild kaufen, diese alten Emailledinger taugen doch nichts."

Er drehte den Zündschlüssel herum und zog die Handbremse an.

"Sehen Sie mal", der Mann auf dem Beifahrersitz deutete auf eins der unteren Fenster, an dem sich die Gardine bewegte, als habe gerade jemand aus dem Fenster gesehen, sich aber in dem Moment entfernt, als sich die Autos dem Haus näherten.

"Ich sehe nichts", sagte der Fahrer und sah angestrengt aus dem Wagenfenster wie ein Kurzsichtiger ohne Brille.

"Weiß man schon wie er's gemacht hat", fragte er seinen Nebenmann, der umständlich seinen Mantel anzog. Einen abgetragenen grünen Lodenmantel von ehemals guter Qualität.

"Muss scheußlich sein, jemanden tot aufzufinden, und wenn sie es dann noch auf die Brutale machen, und du findest sie so - scheußlich. Verstehe sowieso nicht, wie man sich umbringen kann. Ist doch idiotisch. Sterben musst du sowieso, ist nur eine Frage der Zeit, und wozu dann der Aufwand."

Hinter dem Pkw hielt ein grüner Polizeitransporter, aus dem zwei uniformierte Männer stiegen.

"Kommen Sie", sagte der Mann auf dem Beifahrersitz, "und wenn wir reingehen, bitte keine Kommentare."

Er stieg aus dem Wagen und wandte sich den Uniformierten zu.

"Wir wollen die Frau nicht erschrecken, wenn es soweit ist, hole ich euch."

"Soll ich auch bleiben", fragte der Fahrer aus dem heruntergekurbelten Wagenfenster."

"Natürlich nicht, Sie wissen doch, dass ich das nicht allein mache und ziehen Sie sich was an, ist verdammt kalt draußen."

Sie gingen durch die weiß gestrichene Gartentür.

"Schönes Haus", sagte der Fahrer und blieb einen Moment stehen, um es besser betrachten zu können.

"Meine Frau wäre begeistert, wenn sie das sehen könnte. Ein altes Haus mit Strohdach, das ist ihr Traum, genau so eins wie das hier. Aber für mich ist das nichts. Nicht das es mir nicht gefiele, das nicht, aber die Arbeit, es macht einfach zu viel Arbeit. Du hast keine Freizeit mehr, schuftest nur für dein Haus und wenn es fertig ist, kriegst du einen Herzinfarkt, ist doch so, oder?"

Der Mann, der auf dem Beifahrersitz gesessen hatte, antwortete nicht. Er räusperte sich leicht und strich sich mit der Hand durch die schon licht gewordenen grauen Haare. Kurz bevor er auf den Klingelknopf drückte, sah er den Fahrer mit einem leicht genervten aber nachgiebigen Gesichtsausdruck an.

"Denk dran", sagte er noch einmal, "keine Kommentare."

Unmittelbar nach dem Klingeln öffnete Christine die Tür. Der Mann mit dem lichten grauen Haar streckte ihr die Hand entgegen. "Barnsen, Henning Barnsen und das ist mein Kollege Bley, wir kommen von der Polizei in Flensburg, sie haben uns angerufen."

"Kommen Sie herein", sagte Christine und lächelte kurz.

Henning Barnsen dachte: "Für jemanden, der gerade seinen Mann verloren hat, sieht sie gefasst aus, sehr gefasst sogar."

Er atmete durch und die Anspannung, die ihn auf der Fahrt hierher befallen hatte, wich langsam von ihm.

Es ist immer das gleiche, dachte er, wenn er einen Auftrag dieser Art durchzuführen hatte, einen Auftrag, der ihn in Schicksale und menschliche Abgründe blicken ließ, und dessen emotionale Auswirkungen er nicht abschätzen konnte, befiel ihn Unbehagen. Immer hatte er Angst, mit Gefühlsausbrüchen konfrontiert zu werden, auf die er nicht reagieren konnte, die ihn hilflos machten und die er deshalb hasste. Unzählige Male hatten Menschen in seiner Gegenwart geweint und geschrien. Und er stand dabei und wusste nicht, was er tun sollte. Mit der Zeit empfand er es als Zumutung, wenn sie sich in seiner Gegenwart wie toll gebärdeten, schließlich war er ein Fremder für sie.

Die Intimität des menschlichen Lebens, mit der er in seinem Beruf konfrontiert wurde, machte ihm zu schaffen. In all den Jahren hatte er sich nicht daran gewöhnt. Er hatte sogar den Eindruck, dass seine Empfindlichkeit diesen Dingen gegenüber zugenommen hatte. Schon allein, dass er fremde Häuser und Wohnungen betreten und deren Geruch einatmen musste, bereitete ihm Widerwillen.

Als er Christine in dem schmalen Flur gegenüber stand, wusste er, dass sie sich nicht gehen ließ, dass sie gefasst und kühl bleiben würde.

Er sah seinen Kollegen an, der entgegen seinen sonstigen Gewohnheiten schwieg, was ihm, wie Henning Barnsen wusste, schwer fiel. Konrad Bley starrte teilnahmslos auf die umgefallenen Gummistiefel. Wenn Henning Barnsen Aufträge dieser Art zu erledigen hatte, nahm er Konrad Bley mit. Ihn störte es nicht, in fremde Wohnungen zu gehen und in menschliche Abgründe zu blicken. Die dabei entstehende Intimität war ihm nie peinlich, er nahm sie, wie Henning Barnsen vermutete, gar nicht wahr. Er gab seine Kommentare ab, die nicht immer intelligent waren, aber er entkrampfte die Situation. Auch jetzt tat Konrad Bley das Richtige. Nachdem sie schweigend dagestanden hatten, ging er auf die Frau zu, streckte ihr die Hand entgegen und sagte mit aufrichtiger Anteilnahme: "Mein Beileid."

Und Henning Barnsen, der überlegt hatte, wie er das Gespräch eröffnen könnte ohne die Frau zu verletzen und ohne gefühlskalt zu wirken, gab ihr ebenfalls die Hand und sagte: "Es tut mir leid." So einfach war das.

Christine nickte nur. Sie nahm eine Strickjacke vom Haken und zog ihre Gummistiefel an.

"Mein Mann ist in der Scheune", sagte sie, "er hat sich in der Scheune erhängt, ich bringe sie hin."

Sie folgten ihr wortlos durch die Werkstatt. Henning Barnsen wunderte sich über die herumliegenden halb fertigen Stühle und über das Chaos, das er von Werkstätten sonst nicht kannte.

"Mein Mann hat getischlert", sagte Christine, als sei sie ihnen eine Erklärung schuldig, "er wollte neue Stühle machen."

Da war Verachtung in der Stimme und als Henning Barnsen sie von der Seite ansah, gewahrte er eine scharfe Falte an ihrem Mundwinkel.

Sie hat ihn gehasst, dachte er, er war ein Versager, einer, der nichts zustande brachte und der seine Werkstatt nicht aufräumte, wie es Männer sonst machen.

"Was denken Sie, warum hat ihr Mann das getan, warum hat er sich umgebracht." Konrad Bley, der einen Schritt hinter ihnen ging, fragte das mit einer Direktheit, die Henning Barnsen peinlich war.

"Ich weiß es nicht", sagte Christine und nach kurzem Zögern fügte sie hinzu, "ich glaube er hatte Depressionen."

"Aber die vielen Stühle, ihr Mann hat gearbeitet, er war aktiv. Ich bin ja kein Fachmann, aber bei Depressionen ist das anders, da kann man nichts mehr machen, da ist man fertig, Schluss, aus, vorbei, die Luft ist raus. Ich hatte einen Freund … ."

"Es gibt verschiedene Arten von Depressionen", unterbrach ihn Henning Barnsen. Er wusste, wenn er Konrad Bley jetzt nicht stoppte, würde der nicht aufhören zu reden und alles, was er über Depressionen und Ähnliches wusste, zum Besten geben, wie es seine Art war.

"Wissen Sie", sagte Christine und drehte sich zu ihm, "mein Mann hat unser Pony erschlagen, bevor er sich aufgehängt hat, mit einem Beil, und alles war voll Blut, überall Blut, da sehen Sie, wie aktiv er war."

Henning Barnsen sah sie an. Die schroffe Sachlichkeit, mit der sie das sagte, befremdete ihn, er fand sie noch unpassender als Konrad Bleys Bemerkungen. Immerhin war er ihr Mann. Und einen Selbstmord beging man nicht einfach so, sondern aus Verzweiflung, aus tiefster Verzweiflung, das musste sie doch wissen, das wusste doch jeder.

Er versuchte sich ein Bild von ihr zu machen, nicht weil er etwas vermutete, weil er einen Verdacht hatte, sondern aus Neugierde. Es interessierte ihn, wie Menschen waren, ihr Charakter, ihre Eigenarten und Geheimnisse und wie sich das alles zusammenfügte zu einem Leben. So sehr ihm die Intimität der Wohnungen und Häuser, der Einrichtungen, des ungewaschenen Geschirrs und der herumliegenden Kleidungsstücke unangenehm waren, so sehr er es hasste, Zeuge menschlicher Katastrophen zu werden, so sehr faszinierten ihn Menschen, wenn er sie aus der Distanz seines Berufes beobachtete und wenn sie ihm nicht zu nahe kamen. Diese Distanz brauchte er, sie war ihm unerlässlich. Sie allein schärfte seine Sinne und seinen Verstand. Er entwickelte dann eine Fähigkeit des Wahrnehmens und des Unterscheidens, die seine Kollegen bewunderten. Er unterschied eine feine Nuance des Lächelns, je nachdem, wie sich die Mundwinkel verzogen und die Augen in das Lächeln einbezogen waren. Er hörte aus den Stimmen die leiseste Vibration der Angst und der Erregung. Er erkannte aus der Art, wie der Kopf auf dem Hals saß, die Gemütsverfassung eines Menschen. Und fast immer lag er mit seinen Einschätzungen richtig. Aber diese Fähigkeiten entwickelte er nur, wenn er Abstand hielt. Bei den Menschen, die ihm nahe standen oder mit denen ihn eine wie auch immer geartete emotionale Verstrickung verband, versagte seine Menschenkenntnis oftmals kläglich. Wieder sah er die Frau an, aber sie entglitt seiner Einschätzung, was ihn ein wenig ärgerte. Sie überquerten den Hof. Die Wolken waren aufgerissen und die Sonne tanzte auf den Pfützen.

"Sie haben ein großes Grundstück", sagte Konrad Bley, den, wie Henning Barnsen wusste, das Schweigen anstrengte. "Gehören die Wiesen auch dazu?"

Christine nickte.

"Sind bestimmt 3000 qm, eher mehr. Und dann noch die Ställe und die Scheune, ganz schön groß."

Christine schwieg.

Henning Barnsen waren die Bemerkungen seines Kollegen unangenehm. Aber dann dachte er, dass es vielleicht gut war, über einfache Dinge zu reden. Und sie wirkte ja gefasst, keine Tränen, kein Schluchzen. Eine Frau, die sich zusammennahm oder gleichgültig war, die der Tod ihres Mannes kalt ließ. Warum also nicht über einfache Dinge reden.

"Sie haben Schafe", Konrad Bley blieb stehen. Über die Wiesen trabten ein paar Schafe, die, nachdem sie ihre

Witterung aufgenommen hatten, ängstlich zu ihnen hinüber sahen.

"Mein Schwiegervater hat auch welche, Englische Züchtung, die sollen besonders gut sein wegen des Fleischs. Aber man muss sich schon auskennen mit den Viechern. Ihr Mann war sicher Fachmann auf dem Gebiet."

"Nein", sagte Christine, "mein Mann war nirgendwo Fachmann, wenn es Schwierigkeiten gab, hab ich den Schäfer geholt."

"Den Schäfer? Sie meinen bestimmt Henrik Schäfer."

"Ja, wir nennen ihn immer nur den Schäfer, weil er Schafe züchtet und sich auskennt."

"Wir sind zusammen zur Schule gegangen und haben Fußball gespielt, bis er weggegangen ist, nach Berlin glaube ich. Ich komme auch vom Land, wissen Sie, ein paar Dörfer weiter, gleich an der dänischen Grenze. Jetzt wohne ich in Flensburg."

Henning Barnsen hatte bemerkt, dass ein kleines verwirrtes Lächeln über Christines Gesicht glitt. Und er sah, wie sie sich mit einer verlegenen Geste über die Stirne strich, als wollte sie eine Haarsträhne zurückstreichen, die gar nicht da war. Diese sinnlose Gebärde berührte ihn. Und als sie ihn ansah immer noch mit der Hand an der Stirn, wusste er, dass sie sich ertappt fühlte. Er sah weg. Der Blick war ihm zu intim.

"Es ist sicher einsam hier", sagte er schnell, um die Spannung, die zwischen ihnen entstanden war, zu neutralisieren. "Sie sind noch so jung, und jetzt müssen Sie alles allein machen. Das Haus und die Wiesen und das alles. Es tut mir sehr leid."

Sie tat ihm wirklich leid, wie sie schmal und blass neben ihm ging, eine junge Frau, die gerade ihren Mann durch einen tragischen Selbstmord verloren hatte und nun bei der Erwähnung eines anderen Mannes in offensichtliche Verwirrung geriet.

Vielleicht ist sie verliebt in diesen Mann, dachte er, und der Tod ihres Mannes kommt ihr gelegen. Trotzdem tat sie ihm leid.

8

Konrad Bley redete immer noch über Schafe, obwohl ihm keiner zuhörte.

Sie waren jetzt bei der Scheune angelangt. Trotz des Sonnenscheins wehte ein heftiger Wind und Henning Barnsen brauchte Kraft, um die Scheunentür offenzuhalten. Sie traten nacheinander ein. Drinnen war es dämmrig und es roch modrig wie in einem Keller.

Henning Barnsen stolperte über irgendeinen Gegenstand. "Passen Sie auf." Christine trat gegen einen alten Fahrradschlauch.

"Ich habe eine Taschenlampe", sagte Konrad Bley, der als letzter die Scheune betrat und nun mit einem hellen Lichtstrahl den Boden und die Wände abtastete. Was Henning Barnsen sofort auffiel, war das chaotische Durcheinander von Autoteilen, Werkzeug, alten Farbbüchsen, vermischt zu einem Berg von Müll. Und wieder dachte er, dass es für einen Mann untypisch war, Autoteile und Werkzeug achtlos herumliegen zu lassen. Er musste an seinen Vater denken und dessen pedantische Ordnung, unter der er als Kind oft gelitten hatte. In der Werkstatt seines Vaters hatte jede Schraube ihren Platz und Werkzeug herumliegen zu lassen glich einer Todsünde, die den Zorn des Vaters hervorrief. Werkzeuge waren geradezu sakrale Gegenstände für den alten Dachdeckermeister. Henning Barnsen wunderte sich oft, dass ihm diese Ordnung selbst in Fleisch und Blut übergegangen war. Auch er hielt sein Werkzeug tadellos in Ordnung, obwohl er sich ansonsten für einen Chaoten hielt. Das Durcheinander in der Scheune befremdete ihn. Natürlich zögerte er, das väterliche Ordnungsprinzip zum Beurteilungsmaßstab für einen ihm fremden Menschen zu machen, aber er fühlte doch eine Abneigung gegenüber dem

Mann, der so achtlos mit den Dingen umging. Andererseits war das Haus liebevoll restauriert, wenn auch, wie er gleich festgestellt hatte, nicht mit der Sorgfalt, mit der sein Vater und er die handwerklichen Arbeiten durchgeführt hätten.

Plötzlich stieg ihm der süßliche Geruch von Blut in die Nase.

"Hier ist es", Christine blieb stehen und zeigte auf einen Mann, der in einer seltsam verrenkten Pose auf dem Boden lag. Konrad Bley leuchtete ihm mit der Taschenlampe ins Gesicht, und Henning Barnsen merkte, dass ihm übel wurde. Das Gesicht des Mannes war aufgedunsen und bläulich verfärbt. Aus dem offenen Mund quoll die Zunge wie ein aufgeblasener Fremdkörper heraus.

Warum tue ich mir das an, dachte Henning Barnsen, was gehen mich ihre Geschichten an, ihre Morde und Selbstmorde. Es ist einfach der falsche Job, fünfunddreißig Jahre lang der falsche Job. Außerdem bin ich zu alt für solche Sachen. Das sollen Leute wie der Bley machen, an dem prallt das ab, der ist jung, und eine Leiche ist für ihn nichts anderes als eine Leiche. Er sah die Frau an, die teilnahmslos auf den leblosen Körper starrte.

"Sie haben ihn abgehängt?"

Der Schein der Taschenlampe fiel auf den Strick um den Hals des Mannes. Neben dem Mann lag eine Holzleiter, sie war voller Blut.

"Wie haben Sie es geschafft, Ihren Mann herunterzuholen, er ist sehr groß."

"Ich dachte, er lebt noch. Ich bin die Leiter hochgestiegen, irgendwie ging es, ich weiß nicht wie. Ich dachte nur, du musst ihn abknüpfen. Und dann ist er heruntergefallen."

Henning Barnsen bückte sich. Er wandte den beiden den Rücken zu, auf dem der Schein der Taschenlampe tanzte.

Der Strick um den Hals des Mannes war so fest gezurrt, dass er ins Fleisch schnitt. Er hatte es sofort gesehen. Er zog einen Plastikhandschuh aus der Manteltasche und lockerte den Strick.

"Können Sie sehen", fragte Konrad Bley, der versuchte über ihn hinweg zu leuchten.

"Ist schon in Ordnung, ich hab ihm die Augen geschlossen."

Henning Barnsen zog die Plastikhandschuhe aus und ließ sie in der Manteltasche verschwinden. Es ging alles sehr schnell.

Er stand auf und drehte sich zu Konrad Bley um. Die Frau sah er nicht an.

"Sie sollen ihn abholen", sagte er leise. "Und lassen Sie die Taschenlampe hier."

"Gibt es nichts mehr tun?"

"Nichts", sagte Henning Barnsen, "wir wollen es nicht unnötig in die Länge ziehen."

Nachdem Konrad Bley gegangen war, leuchtete er die Scheune aus, bis der Lichtstrahl auf die blutbespritzte Schweinebox fiel.

"Er hat das Pony erschlagen, regelrecht abgeschlachtet hat er es, das ist doch nicht normal, so etwas macht doch kein normaler Mensch. Ein Pony schlachten."

"Kommen Sie", sagte Henning Barnsen, "ich habe genug gesehen."

Er ging an ihr vorbei auf die Scheunentür zu. Christine folgte ihm langsam. In seinem Kopf war immer noch das aufgedunsene Gesicht des Toten mit der hervorquellenden Zunge in dem offenen Mund und der Strick um den Hals, den niemand gelockert hatte. Die Toten sollen ruhen und die Lebenden sollen leben, dachte er, und ich werde einen Teufel tun, mich da einzumischen.

"Und wie geht es weiter", fragte Christine, nachdem sie wieder draußen standen.

"Wir müssen Ihren Mann mitnehmen. Er kommt in die Gerichtsmedizin. Eine reine Formsache. Bei einem Suizid ist das so, Routine. Sie brauchen sich nicht zu beunruhigen."

Und nach einer kurzen Pause fügte er beiläufig hinzu: "Und ich habe auch noch ein paar Fragen. Es dauert nicht lange."

Sie sah ihn misstrauisch an. "Natürlich, ich werde Ihnen einen Kaffee machen."

Henning Barnsen lehnte dankend ab. "Ich bin im Dienst, sie werden verstehen, das ist nicht üblich."

Als sie wieder im Haus waren und an dem großen Küchentisch unter der Wanduhr saßen, trank er doch einen Kaffee.

9

Christine war allein im Haus. Sie räumte die beiden Tassen weg und dachte an das unangenehme Schlürfen des Polizeibeamten beim Kaffeetrinken. Er hatte sie viel gefragt. Vor allem wollte er wissen, warum sie hierher gekommen war und wie sie mit dem Leben auf dem Lande zurecht kam, sie als junge Frau. Und nach ihrer Arbeit hatte er sich erkundigt. Geradezu versessen war er darauf gewesen, etwas über ihre Tätigkeit in dem Altersheim zu erfahren. Als ob es da etwas zu erzählen gäbe über diesen alltäglichen Trott mit den Alten. Sie war kurz angebunden gewesen. Bloß nicht zu viel sagen, hatte sie gedacht. Was ging ihn ihr Leben an. Nach ihrem Mann hatte er sich seltsamerweise kaum erkundigt. Als sie ihm auf seine erneute Frage nach dem Motiv des Selbstmords antwortete, ihr Mann habe seit Jahren unter Depressionen gelitten, war er zufrieden. Bevor er ging, wollte er noch wissen, ob sie allein im Hause sei, er hätte nämlich den Eindruck gehabt, dass jemand hinter der Gardine gestanden habe, vorhin als sie mit dem Auto ankamen.

"Mein Sohn", hatte sie gesagt, "Sie wissen doch, dass ich einen Sohn habe."

"Nein, woher sollte ich das wissen", hatte er erwidert, "und wo ist er jetzt?"

"Ich habe ihm eine Schlaftablette gegeben, weil er so durcheinander war. Er war doch in der Scheune, er hat doch alles gesehen, ich musste ihn beruhigen. Als Sie kamen, schlief er. Aber vielleicht ist er noch mal wach geworden."

"Es muss schrecklich für ihn gewesen sein, wie verkraftet ein Kind so etwas", hatte er mitfühlend gefragt.

"Ich glaube, er hat nur das Pony gesehen und das Blut, das viele Blut."

"Was werden Sie ihm sagen, wenn er nach seinem Vater fragt?"

"Ich weiß es nicht."

Sie hatte wirklich keine Ahnung, was sie ihm sagen sollte. Aber das war im Moment nicht wichtig, ihr würde schon etwas einfallen. Er hatte sowieso nicht an seinem Vater gehangen, jedenfalls nicht sehr.

Der Polizeibeamte hatte ihr noch gesagt, dass sie den Obduktionsbefund abwarten müssten und dass er vielleicht noch einmal käme, um einiges zu klären.

"Aber Sie brauchen sich keine Sorgen zu machen", hatte er hinzugefügt.

Sorgen, warum sollte sie sich Sorgen machen. Was sollte die Anspielung. Der Mann war ihr unsympathisch. Sein abgewetzter Lodenmantel, die grauen, schütteren Haare. Was wollte er von ihr? Er sollte endlich verschwinden. Sie begleitete ihn zur Tür.

Er war bereits im Vorgarten, als er sich noch einmal umdrehte.

"Wie haben Sie es bloß geschafft, ihren Mann abzuknüpfen?"

"Ich habe Ihnen doch schon gesagt, irgendwie ging es. Man wächst eben manchmal über sich hinaus."

"Natürlich."

Er hatte ihr noch einmal die Hand gegeben.

"Sie sollten jetzt nicht allein bleiben, wenn Sie Hilfe brauchen, rufen Sie an."

Sie hatte seine Karte auf den Küchentisch gelegt.

Natürlich würde sie nicht anrufen, sie war froh, dass er weg war. Aber vielleicht hatte er Recht und sie sollte nicht allein sein heute Abend. Draußen war es dämmrig und in Kürze würde es stockfinster sein. Sie dachte an ihren Mann, dessen hervorquellende Augen sie voller Hass angeschaut hatten und sie erinnerte sich wieder an das

Blut. Sie sollte jemanden anrufen. Morgen würden es sowieso alle wissen, und die Leute im Dorf würden sich das Maul zerreißen. Aber sie war ja das Opfer. Sie, eine patente Frau, eine, die das Geld verdiente und die sich um das Kind kümmerte und die einen Mann hatte, der seltsam war, sehr seltsam sogar, das wussten doch alle, sogar die Kollegen auf der Arbeit. Und da war es doch nur natürlich, dass sie ihr Herz ausschüttete, weil er so viel trank und weil er Tabletten nahm und nichts auf die Reihe bekam. Ein Wunder, dass sie überhaupt bei ihm geblieben war, aber sie hatten ja das Kind und ein Kind braucht einen Vater. Sie hatte es nicht leicht gehabt all die Jahre, die sie mit ihm hier in Nordfriesland lebte, das wussten alle. Und dann seine Depressionen. Das musste so kommen. Wer Depressionen hat, der bringt sich irgendwann um. Aber musste er es auf diese Art machen. Der armen Frau blieb auch nichts erspart, so würden sie reden und recht hatten sie damit. Sie wählte die Nummer ihrer Arbeitsstelle.

"Ich komme morgen nicht."

Eine kurze Pause und dann mit gepresster Stimme. "Mein Mann hat sich erhängt."

"Oh, wie schrecklich, nein, wie fürchterlich."

Natürlich kann man in so einer Situation nicht weiter reden. Der Hörer wird aufgelegt.

Und jetzt musste die Familie benachrichtigt werden.

Ihre Mutter wird entsetzt sein. Um Gottes willen was sollen die Leute denken, die Freunde und Nachbarn? Aber sie hatte es ja immer gewusst, dieser Mann passte nicht zu ihrer Tochter. Natürlich werden sie kommen. Man lässt sein Kind nicht im Stich.

Sie war zu bemitleiden. Alle würden sie bemitleiden. Sogar der Polizeibeamte hatte sie bemitleidet, obwohl er sehr zurückhaltend war. Es war alles in Ordnung. Alles

50

würde sich zu ihrer Zufriedenheit entwickeln. Und sie war frei, endlich frei. Das Haus war fertig, und alles war nach ihrem Geschmack eingerichtet. Niemand würde mehr seine Bierbüchsen herumstehen lassen oder das Kaffeegeschirr, das sie jedes Mal abräumen musste, wenn sie von der Arbeit nach Hause kam. Fünf Jahre hatte sie mit ihm hier oben gelebt. Fünf verlorene Jahre. Sie knipste die Stehlampe an und setzte sich auf das Sofa. Auf dem Couchtisch lag eine Zeitschrift mit dem Foto einer bekannten Schauspielerin auf der Titelseite. Sie betrachtete das Foto. So könnte sie auch aussehen. Ihre Figur war sogar noch besser. Sie stand auf und ging ins Badezimmer. In dem kleinen, weißen Schränkchen hatte sie noch einen knallroten Lippenstift, den sie nie benutzt hatte und den sie jetzt auflegte. Der passte zu ihrem neuen Leben. Sie fuhr sich mit der Hand durch die aschblonden Haare. Die Haarfarbe musste sie ändern. Wie konnte sie sich nur so vernachlässigen. Sie ging in die Küche und holte eine Flasche Sekt aus dem Kühlschrank. Die Kolleginnen aus dem Altersheim hatten sie ihr zum Geburtstag geschenkt. Seit einem halben Jahr stand sie dort. Ihr Mann trank nie Sekt, und sie machte sich nichts aus dem Zeug.

Aber jetzt wollte sie trinken. Sie ließ den Sektkorken knallen und füllte sich ein Wasserglas voll.

Nachdem sie die Flasche Sekt fast ausgetrunken hatte, stand sie auf und ging durchs Haus. Sie schwankte und hatte Mühe, ihre Füße in geordneter Weise voreinanderzusetzen. In ihrem Kopf war ein Schwindel, der nicht unangenehm war, da er keine Übelkeit hervorrief. Sie wunderte sich darüber, da sie normalerweise keinen Alkohol vertrug. Ihr wurde spätestens nach dem zweiten Glas übel. Aber jetzt fühlte sie sich gut, leicht und leer wie ein Luftballon. Sie hatte das Gefühl zu schweben und musste lachen. Sie durchquerte das Wohnzimmer, wobei sie sich an der Tischkante festhalten musste, dann öffnete sie die Tür des Schlafzimmers. Da sie das Schlafzimmer aus Sparsamkeitsgründen nicht heizten, hing ein schwerer, feuchter Geruch in der Luft. Christine knipste das Licht an und drehte die Heizkörper auf fünf. Im Schlafzimmer herrschte wie immer eine große Unordnung. Auf dem Fußboden verstreut lagen die gebrauchten Kleidungsstücke ihres Mannes. So lange sie ihn gekannt hatte, war er unfähig gewesen, Ordnung zu halten. Und selbst als sie den Wäschekorb aus dem Badezimmer ins Schlafzimmer gestellt hatte, verstreute er weiterhin seine schmutzige Wäsche im Zimmer. Sie trat mit dem Fuß gegen eine blaue Arbeitshose, die direkt vor ihr lag, dann kletterte sie auf einen Stuhl und holte den schweren Koffer vom Kleiderschrank. Staubflocken wirbelten herunter und blieben in ihren Haaren hängen. Bevor sie den Koffer öffnete, wischte sie mit einem herumliegenden Unterhemd den restlichen Staub vom Kofferdeckel, dann packte sie die Wäsche- und Kleidungsstücke ihres Mannes zusammen und warf sie in den Koffer. Sie öffnete den Kleiderschrank und zog seine Hosen und Hemden von den Bügeln. Von den Regalen riss sie die grob gestrickten Pullover und die saubere Unterwäsche. In dem Koffer türmte sich jetzt ein Berg von Kleidungsstücken, der sein Fassungsvermögen überstieg. Sie zog den vollgestopften Koffer aus dem Schlafzimmer, schleifte ihn durch das Wohnzimmer und die Küche bis in die Kammer, wo der Ofen stand. Sie öffnete die Ofenklappe und schmiss den ganzen Plunder ins Feuer. Sie sah, wie sich die Fasern der Pullover in den Flammen kräuselten und dann zusammenschrumpften, bis nichts mehr übrig blieb. Mit dem leeren Koffer ging sie zurück ins Schlafzimmer. Es war jetzt etwas wärmer und sah beinahe aufgeräumt aus.

Christine setzte sich aufs Bett. Sie merkte plötzlich, dass sie müde war, unendlich müde. Schlafen, dachte sie, nur schlafen. Sie ging zu ihrem Sohn, der in seinem Kinderbett lag, und den der Krach nicht aufgeweckt hatte. Es war gut, dass sie ihm etwas gegeben hatte. Sie legte sich auf das Bett und schloss die Augen. In ihrem Kopf begann es zu rumoren. Menschen tauchten in wilder Reihenfolge auf und verschwanden wieder. Und immer wieder sah sie das aufgedunsene Gesicht ihres Mannes mit der herausquellenden Zunge. Dann gab es einen Riss in ihrem Kopf, und sie blickte in die blauen Augen eines jungen Mannes. Er lächelte sie an. Ihr Körper entspannte sich, und sie schlief ein.

10

Der Wind hatte zugenommen, als Henning Barnsen das Haus verließ. Er schlug den Mantelkragen hoch und merkte, dass er schlecht gelaunt war. Er hatte keine Lust, mit jemandem zu reden, geschweige denn sich das Gequatsche seines Kollegen anzuhören. Während er das dachte, wusste er, dass er seinem Kollegen unrecht tat und dass der Ausdruck Gequatsche übertrieben war, aber seine Stimmung ließ eine andere Bezeichnung nicht zu. Als Konrad Bley ihn sah, öffnete er die Wagentür, um seinen Chef einsteigen zu lassen.

"Alles in Ordnung", fragte er aufmunternd. "Hat ganz schön lange gedauert. Hat sie noch was Wichtiges gesagt?"

"Nein", sagte Henning Barnsen, "der Fall ist abgeschlossen."

Er stand unschlüssig an der geöffneten Wagentür, während ihm der Wind die dünnen, grauen Haare ins Gesicht wehte.

"Wollen Sie ins Büro", fragte Konrad Bley.

Henning Barnsen schüttelte den Kopf und stieg schwerfällig ins Auto.

"Geht es Ihnen gut?"

"Natürlich", erwiderte er gereizt, "warum soll es mir nicht gut gehen. Ich frage mich nur, was ich mit dem allen zu tun habe. Mit ihren Beziehungen und Neurosen und wenn sie sich umbringen. Wir mischen uns zu viel ein".

"Na klar", sagte Konrad Bley, der die resignierten Anfälle seines Vorgesetzten kannte und der wusste, dass es zwecklos war zu widersprechen. Wahrscheinlich ist er zu alt für den Job, dachte er.

"Ich bin zu alt für die Arbeit", sagte Henning Barnsen und sah seinen Kollegen herausfordernd an, "das haben Sie doch gedacht."

Konrad Bley schwieg und fuhr los. Die nordfriesische Landschaft zog eintönig an ihnen vorüber. Wiesen, Büsche, Fachwerkhäuser mit Strohdach, Schafe hinter Holzzäunen und über allem der grau verhangene Himmel mit den schweren Wolken.

Früher hat es mir hier gefallen, dachte Henning Barnsen, der rauhe Charme des Nordens und im Sommer die Stockrosen vor den Häusern, selbst den Wind liebte ich. Aber jetzt geht es mir auf die Nerven. Es ist einfach zu kalt hier. Nie Sommer, von Frühling ganz zu schweigen. Ich kann verstehen, wenn die Leute depressiv werden.

Er dachte, dass man im Alter Wärme brauchte und Sonne und den Duft von Kräutern und am Abend einen leichten Rotwein unter einem südlichen Himmel.

"Ich werde im Sommer in die Provence fahren", sagte er ohne eine Reaktion seines Kollegen zu erwarten.

Sie fuhren durch den Ortskern des Dorfes, zu dem das Haus von Christine Beckmann gehörte.

"Nett", sagte Henning Barnsen, dessen Stimmung sich durch den Gedanken an die Provence gebessert hatte und der es zu schätzen wusste, einen Menschen neben sich zu haben, dem man ohne Nachzudenken etwas erzählen konnte, was einem gerade so einfiel. Meist vergaß Konrad Bley das, was er ihm erzählte gleich wieder oder er kommentierte es mit Allerweltsweisheiten. In der Regel war er es ja, der redete, und Henning Barnsen schwieg und ließ den Redeschwall wie einen einschläfernden Singsang an sich vorbeirauschen. Auch Konrad Bley erwartete keine Antworten, und so waren ihre Gespräche eigentlich Selbstgespräche, die aber durchaus entspannend waren und Henning Barnsen zum Nachdenken anregten.

Sie fuhren an der Kirche vorbei, in deren unmittelbarer Nähe ein großes Backsteinhaus stand, das an wilhelminische Schulgebäude erinnerte.

"Hier wohnt der Schäfer," sagte Konrad Bley und verlangsamte seine Fahrt.

"Hat er von seiner Mutter geerbt, die liegt jetzt im Altersheim genauso wie Ihre Mutter."

"Wohnt er alleine in dem Haus?"

"Glaube schon. Aber ich sehe ihn selten."

"Sieht er gut aus?"

Konrad Bley sah seinen Chef überrascht an.

"Keine Ahnung", sagte er, "habe ich noch nie drüber nachgedacht. Aber ich glaube schon. Meinen Sie, die Frau hat was mit ihm?"

"Weiß ich nicht, aber sie ist verliebt in ihn."

Sie verließen das Dorf und fuhren wieder durch die flache, eintönige Landschaft Nordfrieslands.

"Die Frau arbeitet in dem Altenheim, in dem meine Mutter liegt, wussten Sie das?"

"Nein", sagte Konrad Bley.

"Komisch, ich habe sie noch nie da gesehen. Es passt auch nicht zu ihr."

"Hätten Sie Lust zu so einem Job?"

Henning Barnsen überlegte.

"Warum nicht", sagte er, "ist doch eine sinnvolle Arbeit. Man bekommt viel Liebe und Dankbarkeit. Voraussetzung ist natürlich, dass man Menschen mag, dass man neugierig ist, verstehen Sie, eine positive Neugierde auf Menschen, das braucht man, das ist die Voraussetzung, sonst hält man es nicht aus oder man wird unmenschlich."

"Sie meinen, die Frau ist unmenschlich?"

"So habe ich es nicht gemeint, sie macht bestimmt eine ordentliche Arbeit, sie schlägt niemanden, gibt allen zu essen, aber ihr fehlt das Wesentliche, die positive Neugierde eben. Aber vielleicht ist sie auch nur abgestumpft hier oben. In dieser Einöde und Kälte. Ach, was weiß ich." Er machte eine abwehrende Handbewegung und schwieg.

Sie hat den Strick nicht gelockert, dachte er, wenn man jemanden abknüpft, lockert man den Strick.

Er wollte nicht weiter darüber nachdenken und überlegte, ob er seine Mutter im Altersheim besuchen sollte. Es lag auf der Strecke und der Besuch würde ihn ablenken, außerdem hatte er nichts weiter zu tun und die Abende waren lang. Seine Mutter litt seit Jahren unter der Alzheimerschen Krankheit. Als er sie letzten Samstag im Altersheim besuchte, ging es ihr schlecht. Sie war apathisch und, wie er fand, abgemagerter und blasser als sonst. Ihr kleiner Körper war noch kleiner geworden und ihm fiel zum ersten Mal auf, wie zerbrechlich sie war und dass ihr Leben im wahrsten Sinne des Wortes an einem seidenen Faden hing, der jeden Moment zerreißen konnte. Als er sie ansprach, reagierte sie nicht und als er seinen Namen nannte, hatte sie ihn ratlos und verängstigt angesehen. Erst als er ihre Hand streichelte und seinen Arm um sie legte, lächelte sie ein wenig. Bevor er gegangen war, hatte er eine Pflegerin auf das veränderte Aussehen seiner Mutter angesprochen. Die Pflegerin war in Eile und meinte, es sei alles in Ordnung. Er brauche sich keine Sorgen zu machen, seine Mutter habe gut gegessen und morgen ginge es ihr bestimmt besser. Ich möchte Sie bitten, nach ihr zu sehen, hatte er noch gesagt, und sie hatte schnippisch geantwortet, dazu sei sie ja da. Diese abweisende Schnippigkeit hatte er auch bei Christine Beckmann festgestellt.

"Sie ist ungeeignet für den Beruf", sagte er.

Konrad Bley, der mit seinen Gedanken woanders war, musste erst überlegen, was sein Chef meinte.

"Kann sein", sagte er, "ich hab nicht so viel Erfahrung darin, aber ihren Mann konnte sie nicht leiden, das hab ich gleich bemerkt."

"Mit den Beziehungen ist das so eine Sache", sagte Henning Barnsen und sah gedankenverloren aus dem Fenster.

"Meist ist es Quälerei, alle machen sich was vor, bis es nicht mehr geht, und manchmal passieren eben Katastrophen."

"Muss ja nicht sein", warf Konrad Bley ein, der wusste, dass sein Chef an seine gescheiterte Ehe dachte, die vor fünf Jahren geschieden worden war und über die er nicht hinweg kam.

"Ich weiß, wovon ich rede", sagte Henning Barnsen, "und wenn es bei einigen Menschen anders ist, dann sind sie entweder naiv oder blöd."

Konrad Bley wusste, dass er ihn damit meinte, aber er ärgerte sich nicht darüber. In diesem Punkt fühlte er sich überlegen. Er war verheiratet, hatte zwei Kinder und lebte in geordneten Verhältnissen, wie es sich für einen Mann seines Alters, er war Ende dreißig, gehörte. Sein Chef hingegen war Anfang sechzig, Junggeselle und einsam mit schütterem, grauem Haar und eigentlich bemitleidenswert.

Henning Barnsen wusste, dass sein Kollege so über ihn dachte, und vielleicht hatte er sogar recht. Er war einmal von ihm zum Essen eingeladen worden in sein Einfamilienhaus in Flensburg. Damit er mal auf andere Gedanken käme. Und Henning Barnsen hatte eingewilligt.

Konrad Bleys Frau hatte sich große Mühe gegeben, um den Chef ihres Mannes zufrieden zu stellen. Sie hatte gebacken und gekocht. Die Kinder saßen brav am Tisch und wurden ermahnt, immer Bitte und Danke zu sagen. Konrad Bley redete ausführlich über die Fußbodenheizung seines Hauses, die er nicht mehr missen könne, und seine Frau nickte beifällig. Die Kinder bekamen von der Anstrengung des Stillsitzens rote Köpfe. Henning Barnsen ließ sich eine Weile von der belanglosen Plauderei am Familientisch einfangen, zumal er nicht viel sagen musste. Aber nach dem Essen, als die Unterhaltung über die bauliche Ausstattung von Einfamilienhäusern weiterging und die Kinder und die Ehefrau weiterhin gutes Benehmen demonstrierten, indem sie keine Aufforderung ohne ostentatives Bitte sagten - geben Sie mir bitte die Serviette, würdet ihr bitte still sitzen, können Sie mir bitte ihr Glas reichen - konnte er es nicht mehr aushalten. Er verabschiedete sich unter dem Vorwand starker Kopfschmerzen und flüchtete aus dem Haus in seine Stammkneipe, wo er sich nach dem dritten Bier allmählich entspannte. Nach diesem Abend wusste er, dass es das erste und letzte Mal war, dass er eine Einladung Konrad Bleys zu einem Familienessen angenommen hatte, und auch sein Kollege wusste es, ohne darüber verärgert oder enttäuscht zu sein. Ihre Arbeitsbeziehung blieb die gleiche und ihre gegenseitige Einschätzung, die sich durch diesen Abend verfestigt hatte, tat dem keinen Abbruch, ja die Bestätigung ihrer Meinung über den Anderen hatte sogar etwas Beruhigendes. Es war alles so, wie man es sich vorher gedachte hatte, dass es sein würde. Henning Barnsen wurde darin bestätigt, dass ein Familienleben dieser Art nichts für ihn war und man die Naivität oder Beschränktheit eines Konrad Bley brauchte, um das auszuhalten, und Konrad Bley hielt seinen Vorgesetzten weiterhin für einen armen Teufel.

"Soll ich Sie nach Hause fahren oder wollen Sie Ihre Mutter besuchen? Wir sind gleich in Flensburg."

Henning Barnsen war unschlüssig. Er dachte an den Abend, der sich trostlos in die Länge ziehen würde und den er nur mit Alkohol ertragen könnte oder mit einem seiner Lieblingsfilme. Etwas von Fellini oder De Sica, den italienischen Neorealismus. Er liebte diese alten Filme vor allem, wenn ihr Realismus ins Märchenhafte kippte. De Sicas 'Wunder von Mailand' hatte er schon dutzende Male gesehen und immer wieder rührte ihn die Geschichte zu Tränen. Es war ihm peinlich, bis er zu seinen Gefühlen stand. Die Poesie als Trostpflaster, dachte er, das kann doch nicht verkehrt sein.

Er könnte auch essen gehen, das kleine italienische Restaurant in seiner Nähe war gut, aber es war noch früh und wahrscheinlich wäre er der einzige Gast.

"Es regnet schon wieder", sagte er, ohne auf die Frage, wohin er gefahren werden wollte, einzugehen. Er sah aus dem Fenster. Sie fuhren durch ein ausgefranstes Gewerbegebiet.

"Ist das nicht furchtbar hier, es sieht aus, wie in einem Film von Kaurismäki, aber ohne dessen Farben."

Konrad Bley reagierte nicht und einen Film von Kaurismäki hatte er noch nie gesehen. Sein Chef hatte sich da in etwas hineingesteigert, in einen Pessimismus, der ihn alles Schwarz sehen ließ. Er kannte das, aber diese Anflüge von Depression traten bei ihm in letzter Zeit häufiger auf. Und dann sein Tick mit den Filmen, die keiner kannte. So etwas wie heute sollte er sich nicht mehr antun, dachte er, das sollte er ihm überlassen.

"Sie können mich zum Altersheim fahren", sagte Henning Barnsen", vielleicht treffe ich ja ihren Schäfer. Wie heißt er noch gleich?"

"Henrik, Henrik Schäfer, aber ihn treffen, das wäre schon ein Wunder und ob seine Mutter in dem gleichen Heim

60

liegt wie Ihre Mutter, weiß ich auch nicht, wäre wirklich ein Wunder, und außerdem kennen Sie ihn ja gar nicht."

"War ein Scherz", sagte Henning Barnsen, und dann nach einer Pause: "Warum eigentlich keine Wunder. Mein Lieblingsfilm ist übrigens 'Das Wunder von Mailand', kennen Sie wahrscheinlich nicht." Er klopfte dem ratlos blickenden Konrad Bley auf die Schulter. Bis zum Altersheim schwiegen sie.

11

Henning Barnsen betrat das Foyer des Altenheims. Im Informationsstand gegenüber der Eingangstür stand eine junge Frau in einem kurzen, weinroten Rock und einer weißen Bluse, auf der das Firmenlogo des Heims aufgedruckt war. Die Servicekräfte sahen alle so aus, weinroter Rock, weiße Bluse. Nur die Leiterin der Einrichtung trug zusätzlich eine eng anliegende weinrote Weste, um sich von den anderen abzusetzen. Das Personal erinnerte eher an Stewardessen oder an Kellnerinnen als an Mitarbeiterinnen eines Altersheims. Wie immer wenn Henning Barnsen das Heim betrat, fiel ihm das auf und er dachte, dass Alter, Krankheit und Tod im Eingangsbereich eines Altenheims vermutlich nichts zu suchen hatten, es wäre schlecht für das Image, und deshalb war das Personal hier jung und adrett. Die Alten, die vereinzelt in den zwanglos hingestellten Polstermöbeln saßen, verschwanden fast in dem gediegenen Ambiente. Man musste genau hinsehen, um sie wahrzunehmen. Sie dösten vor sich hin oder starrten teilnahmslos den vorbeigehenden Personen nach. Sie waren zu abgestumpft und zu hilflos, um reagieren zu können. Nur wenn ein Eintretender sie ansah und laut und deutlich grüßte, blickten sie auf und ein kurzes, dankbares Lächeln glitt über ihre verwelkten Gesichter. Henning Barnsen kannte die Servicekräfte und die Heimbewohner, die im Eingangsbereich saßen, es waren immer dieselben. Manchmal saß auch seine Mutter dort, verloren in einem der Polstersessel, mit gesenktem Kopf, die Hände im Schoß, die mit sinnlosen Bewegungen an den Falten ihres Rockes nestelten. Hier im Foyer erkannte sie ihn selten, die Umgebung war ihr zu fremd. Heute war sie nicht da. Er ging auf den Rezeptionsstand zu und begrüßte die Servicekraft. Sie hieß Sylvia und wohnte, wie sie ihm bei einer anderen Gelegenheit erzählt hatte, in einem Dorf in der Nähe von Flensburg.

"Wie geht es Ihnen," sie sah ihn kurz an und widmete sich dann einem Stapel Papiere, der vor ihr auf dem Tisch lag.

"Sie waren ja lange nicht hier. Und heute ist doch nicht Samstag."

"Ich war zufällig in der Gegend."

Er beobachtete ihre flinken Bewegungen.

"Viel zu tun", fragte er und stützte seine Ellenbogen auf den Informationstresen.

"Der Papierkram", seufzte sie, ohne aufzublicken, "kennen Sie sicher auch."

Er sah ihr weiterhin zu, wie sie die Papierstapel sortierte und in die auf dem Tresen stehenden Ablagekästen steckte.

"Ihre Mutter ist heute nicht unten", sagte sie, "aber es geht ihr gut, soviel ich weiß."

"Ich hoffe es", sagte Henning Barnsen, "bei meinem letzten Besuch war ich in Sorge. Sie wirkte so hilflos."

Die Sevicekraft sortierte weiter ihre Papiere.

"Nein, nein", sagte sie, "Sie brauchen sich keine Sorgen zu machen, wenn etwas wäre, wüsste ich es".

"Sagen Sie", begann er zögernd, "hier arbeitet doch eine Christine Beckmann, kennen Sie sie?"

Die Servicekraft unterbrach sofort ihre Arbeit und beugte sich zu ihm vor.

"Es ist furchtbar. Sie hat vor eine paar Stunden angerufen. Ihr Mann hat sich erhängt. Wir sind immer noch geschockt. Es war Selbstmord."

"Ja, ich weiß, ich kenne den Fall."

Sie beugte sich noch weiter vor, sodass er den schwachen Geruch ihres ledrigen Parfums riechen konnte.

"Es war doch Selbstmord, oder?"

"Selbstmord, natürlich", sagte er schnell. "Ich wollte nur wissen, ob sie hier arbeitet."

Bevor die Servicekraft etwas sagen konnte, wandte er sich um und ging in Richtung Fahrstuhl. Er ärgerte sich, dass er gefragt hatte.

"Wiedersehen Herr Barnsen", rief sie ihm nach.

"Wir sehen uns ja noch", sagte er und drückte auf einen der Fahrstuhlknöpfe. Es dauerte eine Weile, bis sich eine der Fahrstuhltüren öffnete. Die Haltezeiten des Fahrstuhls auf den einzelnen Stockwerken waren lang. Sie waren dem Tempo der Alten angepasst, die sich langsam mit Gehhilfen und Rollstühlen fortbewegten. Obwohl Henning Barnsen das wusste und durchaus Verständnis dafür hatte, fiel ihm das Warten schwer. Der Fahrstuhl war Gott sei Dank leer, aber er sah an der Anzeigentafel, dass er in jedem Stockwerk halten würde. Seine Mutter lag in der vierten Etage, im Wohnbereich Verdi. Alle Wohnbereiche dieses Gebäudetrakts hatten die Namen von Komponisten, Namen, mit denen die meisten Alten nichts mehr anzufangen wussten oder die sie noch nie in ihrem Leben gehört hatten. Es waren meist einfache Leute, die hier wohnten, genauso wie seine Mutter. Kurz bevor sich die Fahrstuhltür schloss, tauchte ein junger Mann auf, der seinen Fuß in die Tür stellte und sich kurz vor dem Losfahren in den Fahrstuhl zwängte. Er sah Henning Barnsen an und grüßte ihn mit einem kurzen Nicken. Dann drückte er auf Etage drei, Wohnbereich Beethoven, und lehnte sich gegen die Fahrstuhlwand. Henning Barnsen betrachtete ihn unauffällig, wie man das in Fahrstühlen so macht, immer mit der Möglichkeit, den Blick sofort abzuwenden, sollte der Beobachtete zurückblicken. Und obwohl jeder Angeblickte bei der Enge des Raums den Blick eines Anderen spüren musste, schien es den Mann nicht zu stören. Er sah auf die Anzeigetasten des Fahrstuhls und

64

verhielt sich so, als wäre er alleine im Fahrstuhl. Er trug eine halblange, schwarze Jacke, deren Kragen hochgestellt war und um den er einen blauen Wollschal gewickelt hatte. Er war groß und schlank und seine hellblonden Haare fielen fast bis auf die Schultern.

Als der Fahrstuhl in der ersten Etage hielt, sah der Mann ihn unvermittelt an, so, dass Henning Barnsen nicht wegucken konnte.

"Das kann lange dauern", sagte er, "wo wollen Sie denn hin?"

"In die vierte", erwiderte Henning Barnsen," meine Mutter liegt da, und Sie?"

"Dritte, Beethoven, ich besuche auch meine Mutter."

"Aha", Henning Barnsen sah den Mann jetzt neugierig an. Was für Augen, dachte er zu seiner eigenen Verblüffung, ganz blau, kornblumenblau, gab es da nicht mal einen Schlager?

"Ich besuche meine Mutter sonst immer samstags, ich bin also außerhalb der Regel hier. Kommen Sie auch regelmäßig?"

"Einmal die Woche," erwiderte der junge Mann.

"Dann sind wir gute Söhne, nicht wahr", sagte Henning Barnsen, der versuchte, eine witzige Bemerkung zu machen.

"Ich denke schon", erwiderte der junge Mann, ohne auf den ironischen Unterton einzugehen.

Bevor der Fahrstuhl wieder los fuhr, stieg eine junge Pflegerin in einem grünen Arbeitskasack und weißen Hosen ein. Sie war höchstens Anfang zwanzig. Nachdem sie sich vergewissert hatte, dass der Fahrstuhl in der dritten Etage halten würde, lehnte sie sich gegenüber dem jungen Mann an die Fahrstuhlwand und blickte zu Boden.

"Wollen Sie in die dritte oder in die vierte Etage, Verdi oder Beethoven", fragte der junge Mann sie belustigt.

"Dritte", sagte sie und blickte kurz auf.

"Da steige ich auch aus", sagte er lächelnd.

Sie antwortete nicht und Henning Barnsen merkte, dass sie verwirrt war, und er musste wieder an den Schlager mit den kornblumenblauen Augen denken. Der junge Mann blickte ebenfalls weg und sprach sie auch nicht mehr an. Wahrscheinlich, so dachte Henning Barnsen, wollte er sie nicht in Verlegenheit bringen oder sie interessierte ihn nicht. Er lockerte seinen Schal und knöpfte seine Jacke auf. Er trug ein kurzes, schwarzes T-Shirt über der Hose und Henning Barnsen stellte mit einem kurzen Blick fest, dass er keinen Bauch hatte. Nichts, was sich unter Kleidungsstücken aufblähte und die grotesken Proportionen alter Männer darbot.

Sah ich auch mal so aus, dachte er, und wann habe ich das letzte mal junge Mädchen in Verwirrung gebracht? Ist mir das überhaupt jemals passiert?

Er fühlte sich auf einmal ausgeschlossen zwischen den beiden. Ein Niemand. Sie hatte ihn beim Eintreten gar nicht bemerkt. Alles an ihr war auf den jungen Mann gerichtet, der ihr gegenüber an der Fahrstuhlwand lehnte. Er fühlte einen leichten Groll in sich aufsteigen und stellte fest, dass er neidisch war.

Der Fahrstuhl hielt in der zweiten Etage und eine alte Frau mit einem Gehstock betrat unsicher den Innenraum. Sie hatte eine altmodische weiße Tasche um den Hals gehängt, die auf ihrem schweren Busen ruhte. Beim Eintritt schwankte sie leicht. Ihre Hand griff nach der Tür, verfehlte diese und landetet auf dem Arm des jungen Mannes.

"Entschuldigung", sagte sie, hielt sich aber weiter am Arm des jungen Mannes fest.

"Mir ist manchmal schwindelig, das Alter, wissen Sie, mit dem Gehen klappt es auch nicht mehr."

Der junge Mann ergriff ihre andere Hand und hielt sie fest.

Den Gehstock lehnte er an die Wand.

"Macht nichts", sagte er, "wo wollen Sie denn hin?"

"Ach", sagte die alte Frau und blickte etwas ratlos in die Runde, "das habe ich ganz vergessen. Ich weiß gar nicht mehr, wo ich wohne." Sie wandte sich an die junge Pflegerin.

"Wissen Sie nicht, wo ich wohne, Schwesterchen?"

"Wir sind gleich da, Frau Mauerhoff, "sagte die junge Frau und lächelte süßlich. "Ich nehme Sie mit."

"Wir sind gleich da", fragte die alte Frau, "was heißt das?"

Durch den Eintritt der alten Frau hatte sich die Atmosphäre im Fahrstuhl geändert. Henning Barnsens Gedanken sortierten sich wieder. Er war hier in einem Altersheim und machte einen seiner regelmäßigen Besuche bei seiner Mutter. Die erotische Spannung, die er glaubte vorhin wahrgenommen zu haben, die Spannung zwischen zwei jungen Menschen auf engem Raum, von der er sich hatte einfangen lassen, obwohl sie ihn auf unmissverständliche Weise ausschloss und an sein Alter erinnerte, war verflogen. Die alte Frau hielt sich immer noch am Ärmel des Mannes fest, der sie weiterhin mit der anderen Hand hielt. Er schien, wie Henning Barnsen bemerkte, keine Berührungsängste zu haben.

"Sie haben es gleich geschafft", sagte er und lächelte die alte Frau an.

Als der Fahrstuhl in der dritten Etage hielt, schwankte die alte Frau wieder und verkrallte sich fester in den Ärmel des jungen Mannes. Erst jetzt merkte man, welche Anstrengung es für ihn gewesen sein musste, sie zu halten.

"Kommen Sie Frau Mauerhoff", sagte die Pflegerin, "wir sind da, ich nehme Sie mit."

Die alte Frau sah ratlos von einem zum anderen.

"Nun kommen Sie schon, geben sie mir ihre Hand, Sie wohnen hier."

Der junge Mann beugte sich vor und löste ganz sanft die verkrallte Hand der alten Frau aus seinem Ärmel. In die andere Hand gab er ihr ihren Gehstock zurück. "Und jetzt gehen wir beide, Frau Mauerhoff", sagte er und ergriff ihre Hand. Die alte Frau lächelte ihn dankbar an und setzte sich langsam in Bewegung.

"Und jetzt laufen wir immer der netten Schwester hinterher", sagte er und dann an die Pflegerin gewandt: "Wie heißen Sie eigentlich, ich habe Sie hier noch nie gesehen."

"Gesine", sagte sie und errötete leicht. Sie ließ den jungen Mann und die alte Frau an sich vorbeigehen. Und sie blickte auch nicht auf, als er mit seiner freien Hand leicht ihren Rücken berührte.

Kurz bevor die drei den Fahrstuhl verließen, drehte sich der junge Mann noch einmal um. "Auf Wiedersehen", sagte er, "vielleicht sehen wir uns ja noch mal, ich heiße übrigens Henrik Schäfer."

Die Fahrstuhltür schloss sich, und Henning Barnsen glaubte an Wunder und musste lachen.

12

Am Morgen nach dem Ereignis war Christine Beckmann spät aufgestanden. Normalerweise wurde sie von ihrem Sohn geweckt, der aber auf Grund der von ihr am Abend verabreichten Schlaftabletten immer noch schlief. Sie hatte sich Sorgen gemacht, war sogar kurzfristig in Panik geraten, als sie ihn nicht wach bekam. Aber schließlich nach langem Reden und Schütteln öffnete er die Augen. "Bist du müde", fragte sie ihn, "möchtest du weiter schlafen?"
Er nickte nur und griff nach seinem Teddybär, der neben dem Kopfkissen lag. Sie verließ beruhigt das Schlafzimmer. Langsam kamen die Bilder des gestrigen Tages wieder in ihr Gedächtnis.
Nach einem kurzen Moment des Grauens widmete sie sich den sachlichen Notwendigkeiten ihres neuen Lebens. Sie hatte gestern im Altersheim angerufen. Die Kollegen und Vorgesetzten waren informiert. Ihr Mitleid und ihre Anteilnahme waren ihr gewiss genauso wie die Anteilnahme des Dorfes. Ihre Eltern würden kommen und sich um den Jungen kümmern und sie hätte Zeit, ihr neues Leben einzurichten. Aber sie würden auch Fragen stellen, unangenehme Fragen. Warum ihr Mann sich aufgehängt hätte und wie es war, als sie ihn gefunden hatte und ob sie schon wisse, wie es weiter ginge. Und der Junge, wie würde er es auffassen. Ein Kind von fünf Jahren. Diese Frage belastete sie am meisten. Wie sollte sie ihm das Schreckliche beibringen. Ihr fiel nichts ein, und jetzt wollte sie sich nicht damit belasten, wollte nicht darüber nachdenken. Sie ging in die Küche, um zu frühstücken. Sie konnte sich nicht erinnern, wann sie in den letzten fünf Jahren alleine in ihrem Haus gefrühstückt hatte. Es war immer ein Frühstück zu dritt gewesen mit immer den

gleichen Ritualen. Ihr Mann trank zum Frühstück Tee und aß Vollkornbrot mit Honig, und sie hatte sich ihm, wie in so vielen Dingen, angepasst, obwohl sie Tee nicht leiden konnte. Zum Frühstück stand immer eine große Tonkanne Tee auf dem Tisch, und je länger der Tee in der Kanne war, um so mehr schmeckte er nach Ton. Immer, wenn sie an Tee dachte, hatte sie diesen unangenehmen, stumpfen Tongeschmack auf der Zunge. Während des Frühstücks dudelte das Radio irgend eines Regionalsenders mit den neuesten Musikhits. Nie war es still im Haus so wie jetzt. Diese Stille, die sie bereits gestern nach dem Tod ihres Mannes gespürt hatte und die ihr unangenehm gewesen war, empfand sie jetzt als wohltuend. Eine Stille, die sie anfüllen würde mit den Tönen ihres neuen Lebens. Und plötzlich schien genau passend zu ihren Gefühlen die Sonne durchs Fenster und ließ die Kiefernmöbel leuchten. Die Wanduhr tickte verheißungsvoll und der Blick aus dem Küchenfenster in den noch kahlen Garten nahm das Grün des Sommers vorweg. Sie würde alles umgestalten. Die Tische und Stühle verrücken, Schränke streichen, die Terrakottatöpfe neu arrangieren, zarte Gardinen vor die Fenster hängen, die im Sommerwind flatterten. Sie würde abends im Garten sitzen an einer geschützten Stelle und in den Abendhimmel schauen. Und die Sterne fielen herunter wie Taler, die sie in ihrem Schoß auffangen würde. Und neben ihr säße ein Mann. Groß und blond und auf den sanften Wölbungen seiner Oberarme spiegelte sich das Mondlicht. Und seine Haut so warm und weich. Und die Augen. Er würde sie nie schließen, auch nicht im Moment der höchsten Erregung, und sie würde in ihrem Blau ertrinken wie in einem See. Das Ticken der Wanduhr erfüllte die Küche. Es vermischte sich mit dem Zischen des Wasserkessels. Der Kaffee verströmte beim Öffnen der Dose einen sinnlichen

Geruch, der sich wie ein schweres Parfum im Zimmer verbreitete.

Es war alles neu an diesem Morgen nach dem unverhofften Ereignis. Und der Mann, dessen enganliegendes T-Shirt bei jeder Bewegung einen flachen Bauch sichtbar machte und dessen Gesäß sich in den abgewetzten Jeans prall und herausfordernd abzeichnete, gab dem neuen Leben einen Kick, der ihr den Atem nahm. Und mit einem Seufzer setzte sie sich auf das Sofa und schlürfte den heißen Kaffee. Dann merkte sie, dass es kalt war. Sie musste den Ofen heizen, eine Tätigkeit, die ihr Mann immer gemacht hatte und der er eine große Bedeutung beigemessen hatte. Heizen war Männersache. Sie musste lachen. Ihr würden die alltäglichen Dinge schneller von der Hand gehen ohne Firlefanz, ganz pragmatisch. Er hatte sich so schwer getan, nichts war ihm leicht gefallen. Und sie lief in den Raum, wo der Ofen stand, legte Papier und Holzstücke hinein und zündete ihn an. Wie einfach, wie schnell, eine Kleinigkeit, das ganze Leben war eine Kleinigkeit. Sie ging wieder in Küche, wirbelte herum, legte eine CD auf, tanzte nach der Musik, war außer Atem und stand im Wohnzimmer vor dem Schreibtisch mit dem Telefon und den aus ihrem Adressbüchlein herausgerissenen Seiten. Was hatte er gesucht? Wen wollte er anrufen? Einen Moment hielt sie inne, einen Moment sah sie sein Gesicht wieder vor sich mit der heraushängenden Zunge und hörte die Fragen des Kommissars. Dann wählte sie spontan ohne nachzudenken, ohne Reue mit klopfendem Herzen, mit einem Kribbeln im Bauch die Nummer, die sie auswendig kannte, deren Ziffern wie geheimnisvolle Hieroglyphen waren, wie ein Versprechen auf ein wunderbares Leben, auf ewige Liebe, auf Sommer und Baden in himmelblauen Seen. Ein unterdrückter Seufzer flatterte aus ihrem Mund und verfing sich im kabellosen Kommunikationsäther. Dort mischte er sich mit anderen Seufzern und Worten zu einem unentwirrbaren Rauschen. Es meldete sich niemand. Sie wartete voll Ungeduld und Schrecken. Warum Schrecken? Er war nicht zu Hause, na und. Und trotzdem Schrecken. Was wenn … nein, das war nicht möglich. Sie liebte ihn doch, seit langem schon, er musste es doch wissen, musste es spüren. All die Tage und Nächte, die sie an ihn dachte. Ihre Gedanken hatten sich verselbstständigt, waren genauso wie ihr Seufzer davongeflogen. Er würde es merken, jetzt, das konnte nicht wirkungslos bleiben. Sie wartete eine Weile, lauschte in den Äther, meinte ein Atmen zu hören, fühlte sich getäuscht und legte schließlich den Hörer auf. Ihre gute Laune war verflogen. Sie starrte das Telefon an und wartete voll Ungeduld … auf was? Er würde nicht anrufen, er hatte noch nie angerufen. Er kam vorbei, wenn es etwas wegen der Schafe zu klären gab, oder sie sah ihn im Altersheim, wenn er seine Mutter besuchte. Nur zweimal hatte sie ihn besucht unter dem Vorwand, sich das Haus anzusehen. Er war sehr liebenswürdig gewesen, hatte ihr Kaffee angeboten. Und sie hatte dagesessen und ihn angeschaut. Und dann hatte er sie an sich gezogen und geküsst mit Lippen so weich wie ein Tiermaul. Seitdem war sie rettungslos in ihn verliebt.

Warum ging er nicht ans Telefon? Er musste doch wissen, dass sie keine Zeit verlieren würde, ihn zu sehen, jetzt wo ihr Mann tot war. Sie setzte sich gegenüber dem Telefon auf einen der selbst gezimmerten Stühle und wartete. Und dann klingelte es tatsächlich. Sie zuckte zusammen und wusste einen Moment nicht, was sie tun sollte. Zwei vollkommen widersprüchliche Gefühle beherrschten sie, machten es ihr unmöglich zu handeln, sie konnte ihre Hand nicht ausstrecken, um den Hörer abzunehmen. Grenzenlose Angst und eine bis zur Hysterie gesteigerte Erregung machten sie bewegungslos. Erst nach mehrmaligem Klingel löste sich die Starre und mit klopfendem Herzen und zitternden Händen griff sie zum Hörer und sagte, "Hallo."

Und dann kam der Absturz.

"Frau Beckmann, hier ist Barnsen, Henning Barnsen. Entschuldigen Sie meinen Anruf. Ich wollte Ihnen mitteilen … sind Sie noch da?"

"Ja."

"Ich rufe wegen Ihres Mannes an, wegen der Beerdigung. Die Untersuchung ist abgeschlossen. Sie können einen Beerdigungstermin machen. Ich dachte, es ist wichtig für Sie, Sie müssen ja alles planen."

"Ja", sagte sie, "Danke."

"Geht es Ihnen gut?"

"Ja, es geht mir gut."

"Ich muss Sie auch noch einmal ins Kommissariat bitten, Sie müssen einiges unterschreiben. Ich könnte Sie abholen, wenn Sie wollen, am Freitag, bin sowieso in Ihrer Nähe und Sie müssten nicht alleine nach Flensburg fahren."

"Ja, Freitag."

"Passt es Ihnen um elf Uhr."

"Ja, elf Uhr ist gut."

Noch während sie den Hörer auflegte, dachte sie, dass es blödsinnig war, sich abholen zu lassen. Bezweckte er etwas damit, wollte er sie aushorchen? Und dann müsste sie ja auch mit der Bahn zurückfahren. Was für ein Umstand. Sie könnte ihm sagen, dass sie mit ihrem eigenen Auto käme, aber sie hatte keine Lust mehr, ihn anzurufen. Die Normalität des Lebens sickerte langsam in ihren Körper zurück, sie dämpfte den Herzschlag, die Atmung beruhigte sich und die Bauchmuskulatur entkrampfte.

Sie ging ins Schlafzimmer, um ihren Sohn zu wecken, und sie dachte daran, dass sie mit ihm reden musste. Sie musste ihm erklären, was passiert war. Gestern hatte er nichts begriffen. Er stand unter Schock. Aber heute, es ließ sich nicht vermeiden. Aber was sollte sie sagen? Dass sein Vater sich umgebracht hatte, nachdem er das Pony mit der Axt erschlagen hatte. So etwas sagt man keinem Kind. Er hatte seinen Vater nicht hängen sehen, dessen war sie sich sicher, das war ein Glück, er hatte nur das Pony gesehen und das viele Blut. Sie würde ihm sagen, dass es sich verletzt hätte, dass es aus der Schweinebox wollte hinaus auf die Wiese und dass es dabei gegen die Stallwand gerannt sei aus Verzweiflung, weil es eingesperrt war. Und immer wieder gegen die Stallwand, bis es zusammengebrochen sei. Und der Vater, warum kam er nicht mehr. Warum würde er nie mehr kommen? Das war die eigentliche Frage. Was war mit ihm geschehen. Er hatte sich in Luft aufgelöst, er war ein Geist geworden, ein Gespenst, ganz durchsichtig. Er würde durch das Haus spuken wie ein kühler Lufthauch. Nein, so etwas sagt man auch nicht, jeder ängstigt sich vor Gespenstern und Kinder besonders, selbst wenn das Gespenst der eigene Vater ist. Also die alte Geschichte. Er war krank gewesen schon lange, aber man hatte es nicht bemerkt. Und dann bei der Arbeit sei er umgefallen, einfach umgefallen. Und da oben sei es schön und friedlich. Er brauche nicht traurig zu sein. Morgen kämen die Oma und der Opa und sie würden ihn trösten. Warum sich den Kopf zerbrechen, dachte sie. Er wird es verkraften, er ist ein Kind. Das ganze Leben liegt vor ihm und jeder Tag ist ein Abenteuer. Auch das Verschwinden des Vaters ist nichts anderes als ein Abenteuer. Ganz unnütz, sich Gedanken zu machen. Sie stand neben dem Kinderbett und blickte auf ihren schlafenden Sohn. Der Junge drehte sich herum, ohne aufzuwachen. Malte rief sie laut und schüttelte ihn an der Schulter. Er öffnete langsam die Augen und lächelte sie an. Seinen Teddybär hielt er immer noch fest im Arm. "Komm Malte", sagte sie, "du musst aufstehen, ich mache dir etwas zu essen."

Sie nahm ihn auf den Arm und ging mit ihm in die Küche, wo sie ihn auf das Sofa setzte. Er war noch etwas benommen und hatte Mühe, die Augen zu öffnen.

"Hier hast du ein Glas Milch und ein Brötchen mit Marmelade, nun iss!"

Der Junge ergriff mechanisch das Brötchen und biss lustlos hinein.

"Wo ist Papa", fragte er plötzlich und sah sie verängstigt an.

"Er ist weg", sagte sie, "trink deine Milch."

Er schob mit einer heftigen Gebärde das Glas vom Tisch. Es fiel klirrend zu Boden. Die kleinen Glassplitter stoben in alle Richtungen und die weiße Flüssigkeit sammelte sich um das Tischbein.

Sie schlug zu. Schlug ihn mitten ins Gesicht. Der Junge saß wie erstarrt, vor Schreck unfähig zu schreien. Dann lief er weinend ins Schlafzimmer zurück. Sie ging ihm nach. Die Milch und die Glasscherben ließ sie liegen. Warum hatte sie das getan, warum hatte sie ihn geschlagen, es war ein Reflex. Sie wollte es nicht.

Aber es war alles zu viel gewesen heute Morgen. Und dann hatte er manchmal diese Reaktionen, diesen Trotz, der sie wütend machte, den sie nicht in den Griff bekam. Und in solchen Momenten sah er aus wie sein Vater, und sie konnte sich nicht beherrschen.

"Komm jetzt", sagte sie, "es tut mir leid, komm, ich nehme dich auf den Arm, die Glasscherben liegen überall herum."

Der Junge weinte jetzt lautlos und ließ sich nur widerwillig auf den Arm nehmen.

"Sei nicht bockig", sagte sie und hielt ihn fest, weil sie merkte, dass er herunterwollte. Er wehrte sich mit aller Kraft, bis sie ihn losließ. Er sprang von ihrem Arm und rannte, so schnell er konnte, in die Küche zurück ohne auf die Glasscherben zu achten. Er suchte einen Platz, wo er sich verstecken konnte. Schließlich verkroch er sich in den Spalt zwischen Wand und Küchenschrank. Da hockte er mit angezogenen Knien und gesenktem Kopf, während kleine rote Blutstropfen an seinen Füßen sichtbar wurden.

13

Henrik erfuhr von dem Ereignis aus der regionalen Nordfriesland Rundschau, die seine tägliche Frühstückslektüre gewesen war. Die Notiz war unauffällig. Sie gab den Sachverhalt nüchtern, dem Polizeibericht entsprechend, wieder. Henrik überflog sie interesselos und begriff erst, nachdem er die Zeitung weggelegt hatte, um wen es sich handelte. Er schob abrupt den Teller mit dem angebissenen Brötchen zur Seite. Er kannte Theo Beckmann nicht besonders gut, nur so, wie man die Leute im Dorf eben kannte, aber er war am Tag des Selbstmords bei ihm gewesen. Christine hatte ihn gebeten, sich ein Schaf anzusehen, mit dem es Probleme gab. Er hatte mit Theo Beckmann geredet, aber ihm war, so weit er sich erinnerte, nichts Besonderes an ihm aufgefallen. Vielleicht war er noch zurückhaltender als sonst, aber das konnte eine nachträgliche Interpretation sein, der schrecklichen Tat geschuldet, die kurz danach passiert sein musste.

Henrik war kein sentimentaler Mensch, und eine besondere Sympathie für den Toten empfand er auch nicht. Aber die geschilderte Art des Selbstmords erschreckte ihn doch. Und dann war da die Sache mit seiner Frau und ihr Anruf letzte Nacht nach diesem fürchterlichen Selbstmord.

Er hatte ein paarmal mit Christine Beckmann geschlafen, wie oft wusste er nicht mehr, und er wusste auch nicht genau warum. Vielleicht aus Langeweile und weil sie es ihm leicht gemacht hatte. Sie war überhaupt nicht sein Typ. Für ihn war die Sache belanglos. Aber er war sie nicht mehr los geworden. Ständig rief sie ihn an, arrangierte zufällige Begegnungen im Altersheim oder ging an seinem Haus vorbei. Und immer hatte sie diesen dumpfen, verliebten Blick, der ihm auf die Nerven ging. Er hatte ihr gesagt, dass er eine Freundin hätte, die jedes Wochenende käme, die er liebte und mit der er zusammenbleiben wollte.

Das glaube ich nicht, hatte sie jedes Mal gesagt und ihn weiterhin mit der Penetranz ihres kindischen Verhaltens belästigt. Er hatte sich vorgenommen, mit ihr zu reden und ihr unmissverständlich klar zu machen, dass Schluss sei, dass sie ihn nicht interessiere und dass er genug von ihr habe. Sie hatte sich da in etwas verrannt, was, so hatte er manchmal den Verdacht, mit ihm gar nichts mehr zu tun hatte. Er war vielleicht nur die Projektionsfläche für irgendeinen Liebeskitsch. Das Ganze war absurd, und der Selbstmord ihres Mannes machte die Sache nicht einfacher.

Henrik hatte schon seit Längerem beschlossen, die Angelegenheit mit seiner Freundin zu besprechen. Maja war eine vernünftige Frau, und er wusste, dass sie ihm die Affäre verzeihen würde. Sie wäre verärgert, vielleicht auch wütend, aber sie würde ihm verzeihen, so wie sie es immer getan hatte. Dass er bisher nicht mit ihr darüber gesprochen hatte, hatte keine moralischen Gründe, er fürchtete sich auch nicht vor möglichen Szenen, eher war ihm die Angelegenheit peinlich. Er hatte sich mit jemandem eingelassen, der ihn nicht interessierte, aus Langeweile, aus Zufall.

Er dachte wieder an den nächtlichen Anruf. Und er rief sich alle Einzelheiten daran ins Gedächtnis zurück.

Er erinnerte sich, dass er gerade eingeschlafen war, als das Telefon klingelte, und dass er eine Weile brauchte, um das Geräusch einzuordnen. Er hatte es anfangs für den Bestandteil eines Traums gehalten. Als ihm klar wurde, dass es kein Traum war, hatte er gehofft, dass sich jemand verwählt hätte und dass es aufhören würde zu klingeln, bevor er aufstand. Aber es hörte nicht auf. Er war schließlich aufgestanden und in sein Arbeitszimmer gewankt. Durch das Fenster drang Mondlicht, sodass er, ohne irgendwo anzustoßen, den Weg zu seinem Schreibtisch fand, auf dem das Telefon stand. Er hatte sich geärgert, dass er nicht liegen geblieben war und das Klingeln ignoriert hatte, wie es jeder vernünftige Mensch getan hätte. Aber sein Ärger über den unterbrochenen Schlaf war der Besorgnis gewichen, dass etwas passiert sein könnte. Er hatte sofort an sein Mutter gedacht. Als er sie gestern im Altersheim besucht hatte, ging es ihr nicht gut. Er nahm den Telefonhörer ab und wusste sofort, dass es ein Fehler gewesen war. Er wusste, dass es Christine war, noch bevor sie etwas gesagt hatte. Er hörte ihr Atmen und ein leicht unterdrücktes Schluchzen. Warum hatte er den Hörer nicht sofort aufgelegt, warum hatte er mit ihr geredet. Aber er war zu verblüfft gewesen. Es war das erste Mal, dass sie ihn nachts anrief. Und er dachte noch, das ist unglaublich, das ist Terror.

"Ich bin es, Christine," hatte sie gesagt, "ich habe den ganzen Tag versucht, dich anzurufen, wo bist du denn gewesen? Ich muss mit dir reden, unbedingt."

Nach einer Schrecksekunde hatte er ins Telefon gebrüllt, dass es mitten in der Nacht sei und dass er nicht alleine wäre und dass er nicht mit ihr reden wolle.

Und dann hatte er den Hörer aufgeknallt. Gleich darauf klingelte es wieder. Er zog den Stecker heraus. Sein Handy war bereits ausgeschaltet. Er hatte sich einen Moment auf den Schreibtischstuhl gesetzt. Er war entsetzlich aufgebracht. Dann war er zurück ins Bett gegangen, konnte aber nicht einschlafen und dachte nur, das muss aufhören, unbedingt aufhören.

Am Wochenende würde er mit Maja reden und bestimmt hätte sie eine Lösung. Der Gedanke daran beruhigte ihn schließlich, und er schlief ein.

14

Es war das zweite Mal, dass Henning Barnsen nach B. fuhr, um Christine Beckmann zu treffen. Anders als beim ersten Mal war er alleine und ohne die gewohnte Nervosität vor einer neuen Begegnung. Er genoss sogar die Fahrt durch die nordfriesischen Dörfer, und selbst der verhangene Himmel und der seit dem frühen Morgen andauernde Regen konnten seine Stimmung nicht kippen.

Der Obduktionsbericht lag in einem Umschlag auf dem Nebensitz.

Der Tod von Theo Beckmann war nach Schätzungen des Pathologen erst gegen vier Uhr am Nachmittag eingetreten. Zu dem Zeitpunkt, an dem seine Frau ihn entdeckt hatte. Der Tod, so der Pathologe, musste qualvoll gewesen sein. Langsames Ersticken, da die Fallhöhe nicht hoch genug war. Wahrscheinlich war er mit den Füßen immer wieder an die Leiter gestoßen, was ihm kurze Augenblicke des Atmens erlaubte, bis sich die Schlinge endgültig zuzog oder zugezogen wurde. Von Seiten des Pathologen gab es keine Anhaltspunkte eines Fremdverschuldens. Der Fall galt als abgeschlossen, und Henning Barnsen war es recht. Trotzdem war seine gewohnheitsmäßige kriminalistische Neugier unbefriedigt. Nein, einmischen wollte er sich nicht mehr. Und auch sein moralisches Empfinden rebellierte nicht. Es war die unbefriedigte Neugier eines Profis. Die Frau liebte ihren Mann nicht, das schien ihm sicher. Der Mann ihrer Träume sah gut aus, ein ruhiger, selbstbewusster Typ, uneitel, mit einem Zug unbeabsichtigter Direktheit, was Frauen vermutlich anzog. Nach der kurzen Begegnung im Fahrstuhl schien ihm diese Einschätzung treffend, und er konnte nicht umhin festzustellen, dass er den Mann sympathisch fand. Die Gefühle der Frau waren nachvollziehbar, sofern ein Mann, so seine Überzeugung, die Gefühle von Frauen überhaupt nachvollziehen konnte.

Und dass sich Eheleute im Laufe ihres Zusammenlebens auseinanderlebten und sich nichts mehr zu sagen hatten, war eher die Regel als die Ausnahme, wie er aus eigener Erfahrung wusste. Warum dieser brutale Selbstmord und die ebenso brutale unterlassene Hilfe. Sie hatte den Strick, dessen war er sich sicher, im Angesicht des qualvollen Sterbens nicht gelockert. Vielleicht hätte ihr Mann gerettet werden können. Aber sie wollte, dass er starb. Und sie hatte kaltblütig dabei zugesehen. Je länger er über den Fall nachdachte, um so unsicherer wurde er in seiner Einschätzung der Frau. Sie war so durchschnittlich, Dutzendware, wie er geringschätzig dachte. Aber die Mörder, die er im Laufe seines Berufslebens kennengelernt hatte, waren meist durchschnittlich, manchmal sogar sympathisch, wie er sich selbst angesichts furchtbarer Taten eingestehen musste. Und Christine Beckmann, war sie sympathisch? Eigentlich nicht, aber dann hatte er sie in einem Moment der Verwirrung ertappt, als der Name des Mannes fiel, in den sie verliebt war, und Ihre Verwirrung hatte ihn gerührt. Ein kleines Mädchen, das für irgendeinen Popstar schwärmt, hatte er gedacht, und bei der Erwähnung seines Namens fast in Ohnmacht fällt. Er musste lachen bei der Vorstellung und war gleichzeitig betroffen von dieser grotesken Kombination aus Kitsch und Brutalität.

Als das Haus auftauchte, wurde er aus seinen Gedanken gerissen. Einen Moment lang hatte er wieder dieses unangenehme Gefühl in der Magengegend. Und er wusste auch nicht mehr genau, warum er ihr überhaupt vorgeschlagen hatte, sie abzuholen. Gut, er hatte in der Gegend zu tun gehabt, aber es war gegen die dienstlichen Gepflogenheiten, jemanden mit dem Auto abzuholen und ins Büro zu bringen, um etwas unterschreiben zu lassen.

Sie war nicht alleine. Als er das Haus betrat, bemerkte er es sofort an den ungewohnten Kleidungsstücken, die an der Garderobe hingen, und er bereute es, gekommen zu sein. Ein älterer Mann und eine ältere Frau saßen im Wohnzimmer, ihre Eltern wahrscheinlich. Der kleine Sohn blätterte gemeinsam mit der älteren Frau in einem Bilderbuch.

"Meine Eltern", sagte Christine Beckmann, "und mein Sohn."

Der Junge blickte nicht auf. Er schien verstört. Der Blick in das Bilderbuch war starr, als blickte er ins Leere. Er ist traumatisiert, dachte Henning Barnsen. Sie sollte etwas unternehmen. Wenn sie draußen wären, würde er ihr einen Psychiater empfehlen, der auf so etwas spezialisiert war. Ihr Vater saß den beiden gegenüber. Schweigend und ein wenig verlegen blickte er auf seine Frau und seinen Enkel. Seine großen Hände mit den kurzen, viereckigen Fingernägeln lagen hilflos auf seinen Schenkeln. Er wirkte überhaupt hilflos. Ein einfacher Mensch, in dessen Kopf es keine Synapsen gab für das, was hier passiert war, und den das Ereignis überforderte.

"Armer Kerl", dachte Henning Barnsen mit einer Mischung aus Mitleid und Verachtung angesichts der vierschrötigen Hände des Mannes. Wahrscheinlich war er Handwerker und seine Hände waren es nicht gewohnt, nutzlos herumzuliegen.

"Ich hole meinen Mantel", sagte Christine, "dann können wir gehen."

"Sie sind der Kommissar, nicht wahr?" Christines Mutter blickte auf und lächelte ihn an, wobei sie eine Reihe falscher weißer Zähne zeigte.

"Ja", sagte Henning Barnsen, "tut mir leid, dass ich noch mal stören muss, es gibt ein paar Formalitäten zu erledigen."

Der wohlfrisierte Kopf der Mutter nickte.

"Jeder tut seine Pflicht, aber es ist furchtbar, was passiert ist." Sie seufzte tief. "Wie konnte er meiner Tochter nur so etwas antun, und dann der Junge." Sie strich ihrem Enkel über die Haare."

Henning Barnsen bemerkt, dass dieser unter der Berührung zusammenzuckte.

"Furchtbar", sagte die Frau wieder und machte eine theatralische Armbewegung. "Mein Mann ist auch fassungslos. In unserer Familie ist so etwas noch nie passiert. Nicht wahr Vati?"

Der Mann blickte erschrocken auf. Er wusste offensichtlich nicht, was er sagen sollte, hatte Angst etwas Falsches zu sagen, blieb deshalb stumm und blickte verlegen seine Frau an, die, keine Antwort erwartend, sich wieder Henning Barnsen zuwandte.

"Sie sollten meine Tochter in Ruhe lassen. Es ist schlimm genug, was ihr Mann gemacht hat."

"Ja", sagte Henning Barnsen.

Er stand verlegen vor den beiden Alten, die, und das erschreckte ihn plötzlich, so alt sein mussten wie er selber.

"Ich gehe dann mal", sagte er, "Ihre Tochter wartet bestimmt."

Er gab den beiden die Hand und verließ erleichtert das Wohnzimmer.

Christine Beckmann stand im Flur vor dem Garderobenspiegel und setzte sich eine grüne Strickmütze auf den Kopf. Sie hatte ihn nicht bemerkt und probierte verschiedene Tragemöglichkeiten aus. Mal setzte sie die Mütze schräg auf den Kopf, mal tief in die Stirne gezogen oder ganz nach hinten, sodass ihre aschblonden Haarsträhnen in die Stirn fielen. Sie lächelte ihr Spiegelbild an und schien mit ihrem Aussehen zufrieden zu sein. Henning Barnsen bemerkte auch, dass sie Lippenstift aufgelegt hatte, und ihre Wangen schienen ihm röter als sonst. Sie war so vertieft in die Herrichtung ihres Aussehens, dass sie ihn gar nicht bemerkte. Er räusperte sich leise, weil ihm die Beobachtung dieser intimen Szene peinlich war. Gleichzeitig aber berührte sie ihn, und er musste wieder an ein kleines Mädchen denken, das dieses Mal selbstverliebt mit den Kleidern und Schminkutensilien seiner Mutter spielt. Christine Beckmann drehte sich zu ihm um. Aber sie war keineswegs verlegen. Im Gegenteil, in ihrem Gesicht spiegelte sich ein Hauch von Anmaßung.

"Gehen wir", fragte sie ihn, so als wollte sie ihn zu einem Stelldichein einladen.

"Sie flirtet mit mir", dachte er und tat so, als ob er es nicht bemerkte.

"Kommen Sie." Er ging an ihr vorbei zur Tür, und sie folgte ihm schweigend bis zum Auto.

15

Er öffnete die Beifahrertür mit einer übertriebenen Höflichkeit, deren Ironie sie bemerkt haben musste, denn sie antwortete mit einem frostigen "Danke".

Dann schwiegen sie beide.

Henning Barnsen war es recht so. Er konzentrierte sich auf die Fahrt oder hing seinen Gedanken nach. Nur einmal, als sie an dem großen Backsteingebäude vorbeifuhren, in dem ihr Angebeteter wohnte, blickte er sie an. Neugierig, forschend, ob sie reagieren würde. Aber Christine Beckmann zeigte sich unbeeindruckt. Sie sah geradeaus ins Leere und schien ebenfalls in Gedanken versunken zu sein. Er konnte sich nicht enthalten, sie zu provozieren.

"Dieses Backsteingebäude passt nicht in die nordfriesische Landschaft, zu wilhelminisch, finden Sie nicht?"

Sie reagierte nicht, und Henning Barnsen ärgerte sich über sein Verhalten.

Was sollte die Provokation. Der Fall war aus kriminalistischer Sicht abgeschlossen und alles andere hatte ihn nicht zu interessieren. Aber er empfand ihre Nähe auf einmal als unangenehm. Dieses blasse, unbewegliche Durchschnittsgesicht, diese scheußliche grüne Strickmütze und die aschblonden Haarsträhnen, die darunter hervorlugten. Diese furchtbare Mittelmäßigkeit, die zu allem fähig schien. Er wandte den Blick ab und legte zur Ablenkung eine CD ein.

"Ah", sagte er, nachdem die ersten Töne erklangen, "Stefano Landi, italienische Barockmusik, sehr eigenwillig interpretiert."

Er drehte den Ton lauter. Die Musik erfüllte das Auto, sie ließ keinen Raum für Schweigen und Gespräche.

"Was ist das", fragte sie.

"Spanische Gitarre und Gesang, wunderbar, nicht?" Er drehte den Ton wieder leiser.

"So was habe ich noch nie gehört."

"Ich auch nicht, eine Neuentdeckung, gefällt es Ihnen?"

"Ja", sagte sie, "wirklich."

"Wissen Sie, um ehrlich zu sein, ich habe die CD gekauft, weil mir der Titel gefiel."

"Und wie heißt er?"

"Homo fugit velut umbra … ."

"Versteh ich nicht, ist das Latein?"

"Ja", sagte er, "woher wissen Sie das?"

"Halten Sie mich für blöd?"

"Nein, nein, auf keinen Fall, tut mir leid, ich wollte Sie nicht beleidigen. Es heißt: Der Mensch vergeht wie ein Schatten oder so ähnlich."

"Das passt nicht zu der Musik, sie ist viel zu schnell und aufregend. Vergehen ist anders."

"Stimmt", sagte er, "darüber habe ich noch gar nicht nachgedacht."

Henning Barnsen überlegte, zu welchem Film sie passen könnte.

Visconti vielleicht, nein, zu dominant. Zu opulenten Filmen passt die Musik nicht. Vielleicht Pasolini. Pasolinis früher Minimalismus und dann ein sakrales Thema, das könnte passen.

"Die Musik passt zu einem Film von Pasolini", sagte er laut. "Ein früher Pasolini."

"Davon verstehe ich nichts, das wissen Sie doch sicher."

Er entschuldigte sich wieder, obwohl er sich nichts dabei gedacht hatte. Er hatte einfach seinen Gedanken freien Lauf gelassen, wie er das in dem langjährigen Zusammensein mit Konrad Bley gewohnt war. Auch dieser verstand nichts von Musik und Filmen, aber das war egal, seine Unwissenheit störte weder Henning Barnsen noch

Konrad Bley. Ein Familienvater mit zwei kleinen Kindern und einem neuen, noch nicht abbezahlten Haus hatte anderes tun, als sich mit Filmen und Musik zu beschäftigen. Henning Barnsen wusste um diese Einstellung und gerade deshalb traute er sich, Konrad Bley nicht nur seine Filmerlebnisse zu erzählen, sondern auch seine teilweise gewagten Filmanalysen vor ihm auszubreiten. Dass sich jemand darüber beschwerte, etwas zu hören, was er nicht verstand, war für Henning Barnsen ungewohnt, beziehungsweise er hatte diese doch eigentlich verständliche Reaktion vergessen.

"Ich bin ein Filmfan, wissen Sie, und manchmal rede ich einfach darüber. Man denkt ja immer, dass das, was einen begeistert auch anderen gefällt und dass sie sich da auskennen."

"Das kenne ich", sagte sie.

"So, was gefällt Ihnen denn, worüber würden sie gerne reden."

Sie zuckte die Achseln. "Vielleicht", sagte sie zögernd, "wie es weitergeht mit meinem Leben. Bis jetzt war es ja nicht so toll."

"Mein Leben war auch nicht so toll," erwiderte er und wunderte sich über diese spontane Bemerkung. Das Gespräch nahm jetzt eine Wendung an, die nicht beabsichtigt war. Dies hier, rief er sich ins Gedächtnis zurück, ist eine Dienstfahrt mit einer Frau, die möglicherweise nicht schuldlos am Tode ihres Mannes ist. Sie ist lediglich die weibliche Person in einem Kriminalfall und mehr nicht. Trotzdem fühlte er sich von dem Gespräch berührt. Seine Neugier war wieder geweckt, aber sie richtete sich nicht auf den kriminalistischen Fall, sondern auf einen Menschen, der ihm noch vor kurzem banal und farblos erschienen war, vielleicht sogar gefühllos, in jedem Fall aber verkitscht. Was für Henning Barnsen das vernichtendste Urteil war, was er über einen Menschen fällen konnte.

"Wir sind gleich da", sagte er und holte die CD aus dem Player.

Er bemerkte, dass sie die Hülle in der Hand hielt und sich das Bild auf dem Cover ansah. Es war der Ausschnitt aus irgendeinem Renaissancegemälde. Man sah eine Hand mit einem Weinglas, das einer anderen Person gereicht wurde, von der aber nur ein faltenreiches Gewand zu sehen war.

Vielleicht war Gift in dem Glas. Auch er hatte das Bild eingehend betrachtet, als er die CD gekauft hatte und sich vorgestellt, einem ungelösten Mordfall aus dem sechzehnten Jahrhundert auf der Spur zu sein. Er hatte sich eine wüste Geschichte dazu ausgedacht und die Musik passte hervorragend zu dieser Mordgeschichte. Bei so einer Musik vergeht man nicht, wie Christine Beckmann treffend bemerkt hatte, sondern man wird auf schnelle und brutale Art und Weise ins Jenseits befördert.

"Ich glaube, wir haben genug gehört. Sie können die CD ins Handschuhfach legen."

Nach der Musik entstand ein unangenehmes Schweigen. Henning Barnsen wunderte sich darüber, da sie doch die meiste Zeit der Fahrt geschwiegen hatten und ihm dies normal vorgekommen war.

"Sind Sie verheiratet", fragte sie ihn unvermittelt.

"Geschieden."

"Und haben Sie Kinder?"

"Nein, keine Kinder."

Wieder schwiegen sie. Und Henning Barnsen war froh, als der vertraute Sechzigerjahrekasten seiner Dienststelle auftauchte. Diese klobige Architektur, deren Hässlichkeit ihm jedes Mal aufs Neue auffiel.

"Wir sind da", sagte er, "es wird schnell gehen und wenn Sie wollen, fahre ich Sie anschließend zum Bahnhof."

Er parkte direkt vor dem Polizeigebäude.

Bevor sie ausstiegen, sah sie ihn an und sagte:

"Wissen Sie, eigentlich war ich mit meinem Leben zufrieden."

"So", er sah sie überrascht an.

"Ich will nicht, dass Sie einen falschen Eindruck vom mir bekommen oder falsche Schlüsse ziehen, weil ich vorhin sagte, es war nicht so toll. Wir waren eine ganz normale Familie, und eigentlich wollte ich gar nicht, dass sich was ändert."

"Ich ziehe keine falschen Schlüsse", sagte er kühl, "und falls sie auf ihren Mann anspielen, der Fall ist abgeschlossen. Ein Selbstmord ist nicht mein Metier. Steigen sie aus."

Als Henning Barnsen neben ihr die Treppe des Dienstgebäudes hinaufging, war sie wieder die blasse, belanglose Person, der er alles zutraute.

16

In der Nähe des Bahnhofs, in einer ruhigen Seitenstraße lag das Kaffee Schneider. Es gab hier exzellenten Kuchen und selbstgemachtes Eis. Ein Traditionsbetrieb mit der komplett erhaltenen Einrichtung der siebziger Jahre. Das Kaffee wurde jahrelang nur von älteren Damen besucht, die im Laufe der Zeit verstorben waren. Es war ein Relikt aus einer anderen Zeit, und wahrscheinlich wäre es wie viele andere Etablissements verschwunden, wäre da nicht das nostalgische Interieur gewesen. Und so hatte der Nachfahre des alten Konditormeisters Schneider die Idee gehabt, alles so zu lassen, wie es war und statt der normalen Kännchen und Tassen, Kaffee auf Latte macchiato, Espresso und Ähnliches umzustellen. Auf diese Weise war das Kaffee Schneider in den letzten Jahren geradezu hip geworden. Auch Henning Barnsen ging hin und wieder in dieses Kaffee, das er noch aus seiner Kindheit kannte, und das er später mit seiner Mutter besuchte, wenn er in der Nähe war und ihr eine Freude machen wollte. Jetzt ging er dorthin, um sich abzulenken, um unter Menschen zu sein, die jung waren. Es störte ihn nicht, wenn er alleine an einem Tisch saß. Versteckt hinter Kaffeetasse, Kuchen und Zeitung, konnte er beobachten und den Gesprächen lauschen, die ihn faszinierten. Er konnte sich nämlich nicht mehr vorstellen, so selbstverständlich über die Dinge des Lebens zu reden, wie es die jungen Leute taten so ohne Zweifel und Ironie. War er jemals so ernsthaft gewesen, so begeisterungsfähig und so banal. Er beneidete sie um diese ernsthafte Naivität. Sie sind wie Blinde, dachte er eines Tages in einem Anflug poetischen Sinnierens, denen das Neonlicht der Zeit noch nicht jeden Winkel des Lebens ausgeleuchtet hat. Bei ihnen gibt es noch etwas zu entdecken, lauter dunkle und geheimnisvolle Ecken. Das Leben eine Terra incognita. Er hatte sich über diesen poetischen Geistesblitz gefreut und ihn am anderen Tag und im gleichen Wortlaut Konrad Bley erzählt, der nur ja, ja sagte. Der Klang seiner Worte aber hatte Henning Barnsen, wie er in einem Anflug von Eitelkeit festgestellt hatte, mit Stolz erfüllt. Allerdings wusste er nicht mehr, ob diese Gedanken von ihm waren oder ob er sie in irgendeinem Film gehört hatte.

Nachdem er mit Christine Beckmann im Kommissariat gewesen war und sie die erforderlichen Formulare unterschrieben hatte, erbot er sich, sie zum Bahnhof zu fahren und als sie einwilligte, schlug er ihr vor, ins Kaffee Schneider zu gehen. Der Zug führe sowieso erst gegen achtzehn Uhr, hatte er gesagt, er würde sich freuen, sie einladen zu dürfen, schließlich sei es das letzte Mal, dass sie sich sähen und außerdem könnte man dort hervorragenden Kuchen essen.

Sie willigte zu seiner Überraschung sofort ein, und so fuhren sie zum zweiten Mal an diesem Tag in seinem alten PKW durch Flensburg, in Richtung Bahnhof. Das Wetter war immer noch scheußlich und beide schwiegen. Henning Barnsen stellte aber fest, dass ihn das Schweigen nicht störte, dass zwischen ihnen eine gewisse Vertrautheit entstanden war, die es zuließ, dass sie den Mund hielten. "Ist es Ihnen warm genug", hatte er sie nur gefragt, weil die Heizung seines Wagens eine Weile brauchte, bis sie ansprang.

"Natürlich", hatte sie erwidert, "ich friere nie." Und um dies zu bekräftigen, nahm sie die Strickmütze vom Kopf und schüttelte ihr Haar.

"Kennen Sie das Kaffee Schneider", fragte er sie, als sie ankamen und er den Wagen geparkt hatte.

"Nein", hatte sie gesagt, "ich gehe selten aus und mein Mann wollte auch nirgendwohin. Er war immer zu Hause, er hat ferngesehen und Bier getrunken."

"Es wird Ihnen gefallen", sagte Henning Barnsen, "aber ich gehe auch nicht oft aus. Nur manchmal, wenn ich Stress auf der Arbeit habe und mich ablenken will." Oder wenn ich einsam bin, dachte er.

Sie überquerten die Straße und Henning Barnsen öffnete die in glänzendem Messing eingefasste Tür des Kaffees. Drinnen war es dämmrig. Die braunorange gemusterte Tapete verstärkte den Eindruck des Schummrigen ebenso wie die Holznischen und die dunklen Kissenbezüge auf den Stühlen. Man musste sich erst an das Licht gewöhnen, um die Einrichtung richtig sehen zu können. Auf den ersten Blick war sie scheußlich. Alles dunkel, braun und orange, eine Farbmischung, bei der Henning Barnsen jedes Mal Zahnschmerzen bekam, die ihn aber gleichzeitig amüsierte. Das Ambiente seiner Sturm- und Drangzeit als Karikatur. Er steuerte auf einen freien Tisch am Fenster zu, von dem aus er den Raum gut überblicken konnte. Christine Beckmann folgte ihm zögernd.

"Möchten Sie lieber in eine Nische", fragte er sie.

Sie zuckte die Achseln und setzte sich an den freien Tisch am Fenster. Er setzte sich neben sie, da er es hasste, mit dem Rücken zum Raum zu sitzen. Außerdem saß er Menschen ungern direkt gegenüber, es war ihm zu anstrengend, jemandem beim Reden ständig in die Augen sehen zu müssen.

"Was möchten Sie trinken", fragte er, einen Milchkaffee vielleicht?"

"Ja, Milchkaffee ist in Ordnung, ja."

"Und Kuchen?"

"Ich weiß nicht … ." Er merkte, dass sie verunsichert war.

"Der ist gut hier", sagte er aufmunternd und gut gelaunt, "ich habe schon alle ausprobiert, soll ich Ihnen den Kuchen auszusuchen?"

Sie nickte, und er durchquerte den Raum in Richtung Kuchentheke. Ihm kam der Gedanke, dass es ihr vielleicht unangenehm war, den Raum zu durchqueren.

Wie immer bestellte er für sich Eierlikörtorte, und wie immer dachte er, komische Angewohnheit und sicher ungewöhnlich für einen Mann. Er erinnerte sich, dass er einmal mit Konrad Bley hier war und dass dieser irritiert geguckt hatte, als er seine Bestellung aufgab. Für Christine Beckmann wählte er eine dunkle Schokoladentorte mit einer zusätzlichen Portion Sahne. Das passt zu ihr, dachte er, ohne dass er hätte sagen können wieso.

Als er zum Tisch zurückging, bemerkte er in der Sitznische neben ihnen einen jungen Mann und eine Frau, die in ein erregtes Gespräch vertieft waren und auf Grund wahrscheinlich kontroverser Ansichten ziemlich laut redeten. Die Frau saß mit dem Gesicht zum Raum, und Henning Barnsen bemerkte, dass sie sehr hübsch war. Sie hatte halblange dunkle Haare und einen knallrot geschminkten Mund, der in dem blassen Gesicht geradezu leuchtete. Sie trug eine auffallend bunte Holzkette, die gut ins Interieur des Kaffees passte. Er ging bewusst näher an ihnen vorbei und versuchte so unbemerkt wie möglich, etwas von ihrem Gespräch mitzubekommen. Sie schienen sich über einen Film zu unterhalten, weil er Wörter wie Spannungsbogen und Kameraführung aufschnappte und als Filmfan sofort aufmerksam wurde. Er sah die Frau neugierig an. Sie schien wütend zu sein, wütender, als es eine Unstimmigkeit über Filme hätte bewirken können. "Dies ist kein Film, dies ist kein Film," hörte er sie sagen.

Er schnappte noch auf, dass der Mann leise Entschuldigung sagte, dann wandte er den Blick ab, weil er fürchtete, unhöflich zu wirken. Wahrscheinlich eine Beziehungsgeschichte und kein Film, dachte er.

Christine Beckmann sah nicht auf, als er sich an den Tisch setzte. Sie wirkte abwesend, als sei sie intensiv mit etwas beschäftigt.

"Bin wieder da, Kaffee und Kuchen kommen gleich. Ich habe Ihnen eine Schokoladentorte bestellt mit viel Sahne, ich hoffe, es ist nach Ihrem Geschmack."

"Ja", sagte sie immer noch geistesabwesend, während ihr Blick auf der Sitznische ruhte, an der er eben vorbeigegangen war.

"Kennen Sie die Leute", fragte er, weil sie ihn weiterhin ignorierte.

"Nicht besonders höflich, fremde Menschen zu belauschen, finden Sie nicht? Übrigens haben sie sich über Filme unterhalten und über ihre Beziehung, und die Frau ist sehr attraktiv."

"Ich kann nur den Mann sehen", sagte Christine Beckmann, ich kenne ihn. Er ist aus unserm Ort."

Henning Barnsen stellte fest, dass sie unfähig war, auf seinen belustigten Ton einzugehen. Angestrengt und mit todernster Miene lauschte sie weiterhin dem Gespräch am Nachbartisch, was ein sinnloses Unterfangen war, da es im Kaffee sehr laut war.

Die Kellnerin kam und brachte den Kuchen und den Milchkaffee.

"Na", fragte Henning Barnsen, habe ich das Richtige ausgesucht?"

Sie schaute auf den Kuchen und den riesigen Sahneberg und schob den Teller beiseite.

"Ich habe keinen Hunger."

Henning Barnsen merkte, dass seine heitere Stimmung verflog.

"Wenn Sie wollen, höre ich zu", sagte er sarkastisch, "dann können Sie in Ruhe ihren Kuchen essen. Ich habe für mein Alter noch sehr gute Ohren. Habe vor einem Monat einen Hörtest machen lassen. Aber wahrscheinlich reden sie wieder über Filme, dürfte sie sowieso nicht interessieren."

"Sie halten mich für blöd, nicht wahr", sagte sie und stocherte in ihrem Kuchen herum, ohne ihre gespannte Aufmerksamkeit dem Tisch gegenüber zu mindern.

"Ist sie seine Freundin, was meinen Sie?" fragte sie unvermittelt.

"Ob sie seine Freundin ist … keine Ahnung, aber ich glaube, sie haben sich gestritten und das nicht nur über Filme, kam mir jedenfalls so vor."

Er aß genussvoll seine Eierlikörtorte und beschloss, sich von dem lustlosen Herumgestochere seiner Nachbarin nicht stören zu lassen. Wie immer fielen ihm ein paar Krümel aus dem Mund, weil er sich zu große Stücke in den Mund stopfte.

"Sie essen zu schnell", sagte Christine Beckmann.

"Ich weiß, schlechte Angewohnheit, keine Tischmanieren."

Er wollte sich gerade wieder ein Tortenstück in den Mund stecken, als er bemerkte, dass der Mann in der Sitznische nach der Kellnerin winkte.

"Ich glaube, Ihr Bekannter will gehen", sagte er zu Christine Beckmann, "dann können Sie ja in Ruhe Ihren Kuchen essen."

Sie sah ihn erschreckt an.

"Ich muss auf die Toilette", sagte sie, stand auf und rannte in Richtung Kuchentheke.

Er sah ihr verwundert nach, hatte aber keine Lust, über ihr Verhalten nachzudenken.

Die Kellnerin kam, und der Mann in der Sitznische bezahlte. Bevor er aufstand, drehte er sich um, weil er seinen Schal aufheben wollte, der ihm heruntergefallen war. Henning Barnsen erkannte ihn sofort. Er nickte ihm zu und lächelte mit vollem Mund.

Der Mann sah ihn an und zog die Schultern hoch. "Kennen wir uns", fragte er.

"Ja, Sie waren neulich im Altersheim."

"Stimmt", sagte der Mann, "wir haben uns im Fahrstuhl gesehen."

Er stand auf und band sich den Schal um den Hals und Henning Barnsen bemerkte wie bei ihrer ersten Begegnung, dass er gut aussah.

Seine Freundin oder wer auch immer es sein mochte, war ebenfalls aufgestanden und zog sich eine eng anliegende Samtjacke an, die die Proportionen ihres Körpers vorteilhaft betonte.

Der Mann legte den Arm um ihre Schulter und sagte etwas zu ihr, was Henning Barnsen nicht verstand.

"Wir gehen", sagte der Mann und gab ihm die Hand. "Bis bald ... im Altersheim?"

"Ja, vielleicht", sagte Henning Barnsen, "oder im Kino. Entschuldigung, ich habe gehört, dass Sie sich über Filme unterhalten haben, ließ sich nicht vermeiden."

"Ja", sagte der Mann, "stimmt, über Kaurismäki, kennen Sie vielleicht."

"Kaurismäki ist einer meiner Lieblingsregisseure", sagte Henning Barnsen.

"Na ja, dann vielleicht im Kino, wäre doch besser als Altersheim, finden Sie nicht?"

"Ja", sagte Henning Barnsen, "finde ich auch. Also dann."

Er sah den beiden mit Bedauern nach. Er hätte sich gerne weiter unterhalten. Ein Filmfan, der auch noch den gleichen Geschmack hatte, dachte er, wann gibt es das schon mal."

Er aß weiter und wartete auf Christine. Er bestellte noch eine Tasse Kaffee und wartete. Aber irgendwie hatte er das Gefühl, dass sie nicht wiederkommen würde. Er war verärgert. Kinderkram, dachte er, und nach einer weiteren Viertelstunde verließ er das Kaffee.

17

Christine erreichte den Zug planmäßig um achtzehn Uhr. Auf dem Bahnhof kaufte sie eine Tafel Schokolade und begann sofort zu essen. Schnell und atemlos stopfte sie die abgebrochenen Schokoladenstücke in den Mund. Sie setzte sich auf einen Fensterplatz und hoffte, dass der Zug bald losfuhr. Auf dem Bahnsteig liefen Leute herum, blass und frierend. Sie sahen unglücklich aus. Christine beobachtete sie, während sie gedankenlos ihre Schokolade aß. Zwei ältere Frauen kamen in den Wagen. Sie blieben neben ihrem Sitz stehen und schienen zu überlegen, wo sie sich hinsetzen sollten. Sie sah kurz auf und stellte fest, dass sie hässlich waren genauso wie die frierenden Menschen auf dem Bahnsteig. Immer mehr Leute stiegen jetzt ein, sie kamen von der Arbeit und trugen Aktentaschen in der Hand oder kleine Rucksäcke auf dem Rücken. Sobald sie sich hingesetzt hatten, holten sie ihre Handys aus der Tasche, lasen Zeitung oder starrten irgendwohin ins Leere. Einige sahen aus dem Fenster und beobachteten genauso wie Christine die Leute auf dem Bahnsteig.
Die Schokolade war jetzt aufgegessen. Christine knüllte das Stanniolpapier zusammen und steckte es in den Abfallbehälter unter dem Fenster. Auf den freien Platz ihr gegenüber hatte sich ein junger Mann gesetzt, dessen ungelenke Beine so weit ausgestreckt waren, dass sie fast ihren Sitz berührten. Mit seinen Turnschuh behafteten Füßen wippte er irgendeinen Takt aus seinem MP3-Player. Christine zog ihre Beine zurück und sah den jungen Mann an. Auch er ist hässlich, dachte sie, jung und hässlich.

Ein paar Schokoladenkrümel, die sie noch in der Hand hatte, fielen auf die ausgewaschenen Jeansbeine des jungen Mannes.

"Können Sie nicht aufpassen", sagte er laut und zog seine Beine zurück.

"Nein", sagte Christine.

Der junge Mann öffnete den Mund, als wollte er etwas erwidern. Aber Christines unvermitteltes Nein ließ ihn verstummen. Er wusste offensichtlich nicht, wie er reagieren sollte. Er schloss den Mund, presste die Lippen aufeinander und sah aus dem Fenster. Der Zug fuhr an. Durch den Ruck rutschte Christine nach vorne. Ihr ausgestreckter Arm berührte die Brust des jungen Mannes. "Entschuldigung", sagte sie. Er gab keine Antwort, sondern sah demonstrativ aus dem Fenster. Sie setzte sich wieder gerade. Der Zug fuhr jetzt in gleichmäßigem Tempo. In der Scheibe spiegelte sich das verkniffene Gesicht des jungen Mannes. Es hinderte sie daran, aus dem Fenster zu sehen und sich durch die vorbeiziehenden Bilder der nordfriesischen Landschaft zu entspannen. Sie fühlte sich eingeengt und es befiel sie eine große Unruhe. Am liebsten wäre sie aufgestanden und hätte sich woanders hingesetzt, aber der Zug war um diese Zeit sehr voll, sie hätte keinen freien Platz mehr bekommen und selbst das Durchkommen wäre schwierig geworden. Sie musste also sitzen bleiben, eingeengt durch fremde Menschen. Ihre Unruhe wuchs. Und jetzt kamen auch die Bilder wieder, die furchtbaren Bilder ihrer Szene im Kaffee Schneider. Sie erlebte noch einmal die ganze Peinlichkeit ihres Auftritts, und sie begriff die unabänderliche Gewissheit, dass es zu Ende war. Diese Gewissheit versetzte ihr plötzlich einen solchen Schock, dass sie meinte, in Ohnmacht zu fallen. Dabei hatte sie sofort, als sie die Frau im Kaffee gesehen hatte, gewusst, dass sie keine Chance hatte, und trotzdem hatte sie sich gewehrt. Sie hatte gebrüllt, war mit den Fäusten auf ihn losgegangen und hatte ihn angefleht, sie nicht zu verlassen. Und immer hatte sie gewusst, dass es sinnlos war. Aber wie sollte sie weiterleben ohne diese Liebe. Jetzt, da sie frei war, jetzt, da alles möglich war, jetzt, wo ihr Leben erst begann. Sie spürte, wie sich ihr Herz zusammenkrampfte und ihre Hände eiskalt wurden. Die Kälte kroch ihre Arme hoch und wanderte dann weiter bis zum Hals, wo sie als dicker Eisklumpen stecken blieb. Sie räusperte sich, aber der Klumpen saß fest. Oh Gott, dachte sie, ich kann nicht mehr atmen. Wenn ich nicht mehr atmen kann, werde ich ersticken hier in diesem Zug, umgeben von fremden Menschen. Ich brauche sofort Hilfe. Sie sah sich um. Aber es wurde noch schlimmer. Alles wirkte anders und fremd. Die Menschen um sie herum sahen zwar normal aus, aber sie schienen aus einem anderen Material zu sein. Ihre Stimmen und Bewegungen hatten den Klang von Metall, das laut und scheppernd in ihren Ohren hallte. Ihre Angst steigerte sich weiter. Gleich kippe ich um, dachte sie. Mein Herz hört auf zu schlagen. Ich werde auf der Stelle tot sein. Sie fühlte den Puls, er war nicht mehr zu tasten. Vielleicht bin ich bereits tot. Warum hilft mir denn keiner. Was sind das für Menschen. Vielleicht sind sie auch alle tot.

Der junge Mann ihr gegenüber sah weiterhin aus dem Fenster. Sie beugte sich vor.

"Könnten Sie das Fenster öffnen, es geht mir nicht gut", sagte sie. "Bitte öffnen Sie das Fenster."

Er reagierte nicht.

"Bitte machen Sie das Fenster auf", wandte sie sich wieder an ihn. Aber seine Ohren waren verstopft mit irgendeiner Musik aus dem MP3-Player.

In ihrer Not tippte sie ihm mehrmals auf die Oberschenkel, bis er endlich reagierte und den Kopf vom Fenster wegdrehte. Er zog seine Stöpsel aus dem Ohr und sah sie an. Sie deutete auf das Fenster. "Bitte."

"Was ist los mit Ihnen", fragte er, "was wollen Sie?"

"Mir geht es nicht gut, bitte … ."

Der junge Mann stand auf und öffnete das Fenster. Er hatte bemerkte, dass es ernst war und dass er, obwohl er keine Lust dazu hatte, reagieren musste. "Besser", fragte er mit einer Mischung aus Genervtheit und Verunsicherung. "Sie müssen sich hoffentlich nicht übergeben?"

Sie schüttelte den Kopf.

"Nein, die Luft tut gut, danke, es geht schon besser."

"Es ist kalt hier, hat jemand das Fenster aufgemacht?"

Einer der Mitreisenden stürzte auf das offene Fenster, um es zu schließen. Der junge Mann hielt ihn am Ärmel fest und zeigte auf Christine.

"Es geht ihr nicht gut, sehen Sie das nicht, sie braucht Luft."

Er hatte seine Genervtheit abgelegt und gefiel sich nun in der Rolle des Ritters.

"Sie werden es wohl ein paar Minuten aushalten, ein bisschen frische Luft kann Ihnen auch nicht schaden, stinkt sowieso hier."

Ich muss hier raus, dachte Christine, im nächsten Ort steige ich aus.

"Sie sehen gar nicht gut aus, ganz blass, wollen Sie was trinken?"

"Nein, ich steige am nächsten Bahnhof aus."

Der junge Mann legte seine Hand auf ihre Stirn.

"Verdammt kalt", dann ergriff er ihre Hände, "die reinsten Eisklumpen."

Er machte ein irgendwie besorgtes Gesicht und sagte dann entschlossen: "Ich begleite Sie, allein können Sie nicht gehen. In zwanzig Minuten hält der Zug in L., wo müssen Sie denn hin?"

Christines Panik löste sich. Die neue Situation erforderte ihre Aufmerksamkeit. Sie sah den jungen Mann an und prüfte sein Angebot. Aussehen: groß, dünn, nichtssagend. Vertrauenerweckend? Augenfarbe: helles Braun. Sie entschied sich für vertrauenerweckend.

Er hatte keine Stöpsel mehr in den Ohren und die Beine eingezogen. Sein Alter schätzte sie auf Anfang zwanzig. Und so hässlich, wie sie anfangs dachte, sah er auch nicht aus.

"Ich benachrichtige meine Eltern, sie werden mich in L. abholen. Sie brauchen mich nicht zu begleiten."

"Mach ich gerne, ich warte, bis Sie abgeholt werden und fahre dann mit dem Bus weiter, kein Problem."

Sie dachte, dass es noch hell sein würde, wenn sie in L. ankämen. Auf dem Bahnhof wären vielleicht keine Leute mehr. Aber sie hatte sich für vertrauenerweckend entschieden.

"Gut", sagte sie, "wenn Sie wollen, mir ist wirklich noch ein wenig schwindelig." Sie überprüfte ihren Puls. Er schlug regelmäßig und die Atmung funktionierte auch wieder.

18

In L. stiegen zirka zehn Personen aus. Die meisten hatten ihre Autos auf dem an den Bahnhof grenzenden Parkplatz abgestellt und fuhren nun in die umliegenden Dörfer. Zwei Personen warteten an der Bushaltestelle.

Christine hatte das dringende Bedürfnis, sich zu setzen, aber auf dem Bahnhof gab es keine Sitzbänke. Es gab auch kein Bahnhofshäuschen, nur eine Haltestelle mit Absperrungen. Bis ihre Eltern kämen, würde es mindestens eine Dreiviertelstunde dauern und sie fühlte sich schwach.

"Weißt du, ob man sich hier irgendwo hinsetzen kann."

Sie duzten sich jetzt. Er hatte sich im Zug vorgestellt. Er hieß Holm.

Als sie ihren Namen nannte, hatte er gesagt, dass seine erste Freundin auch Christine geheißen hätte und er diesen Namen sehr schön fände. Beim Aussteigen aus dem Zug hatte er den Arm um ihre Schulter gelegt und sie an sich gedrückt.

Sie hatte es zugelassen. Gegenüber dem Bahnhof gab es einen kleinen Park. Er war umgeben von Büschen. Sie gingen dorthin, sein Arm war immer noch um ihre Schulter gelegt. Auf den Rabatten blühten die ersten Frühlingsblumen, Stiefmütterchen, Primeln und Tulpen. Am Weg, der durch den Park führte, waren Sitzbänke aufgestellt. Um diese Zeit und bei den noch frischen Temperaturen waren sie leer. Er drängte sie auf eine Bank, die von den Büschen fast verdeckt war. Christine wusste, dass er mit ihr allein sein wollte. Sie blickte in seine hellbraunen Augen und spürte seine Hand in ihrem Nacken und dann abwärts den Rücken hinunter.

"Komm", sagte er und knöpfte ihre Jacke auf. Seine Hände lagen jetzt auf ihrer Brust. Er senkte den Kopf und küsste sie, wobei er seine Zunge wie einen Pfropfen in ihren Mund steckte. Sie drehte den Kopf weg und wischte sich mit dem Handrücken den Mund ab. "Lass das", sagte sie.

Einen Moment ließ er von ihr ab, dann schob er eine Hand unter ihren Pullover und umfasste ihre nackte Brust. Eine harte Brustwarze stieß gegen seine Handinnenfläche. Er war sehr erregt und zog Christine auf seinen Schoß. Sein Bedürfnis, sie zu küssen, war ihm allerdings vergangen. Er spürte jetzt ihr Gewicht auf seinen Oberschenkeln und öffnete den Reißverschluss seiner Hose. Er zog sie weiter auf seinen Schoß und klemmte sein Glied zwischen ihre Schenkel. Sie ließ es geschehen und öffnete nun ebenfalls ihre Hose, die sie mit Mühen über ihren Hintern zog. Er half ihr umständlich, bis er ihre nackten Pobacken in seinen Händen spürte. Die richtige Platzierung seines erigierten Gliedes war jetzt ein Kinderspiel und nach ein paar Stößen war die Sache erledigt. Christine rutschte von seinem Schoß herunter und zog ihre Hose wieder hoch. Er hatte seine Kleidung ebenfalls geordnet und saß mit verstocktem Gesicht neben ihr. Sie schwiegen.

"Ganz schön kalt", sagte er schließlich.

"Pass auf", sagte sie, ohne ihn anzusehen. "Ich möchte nicht mit dir gesehen werden, das vorhin hat nichts zu bedeuten, das hat nichts mit dir zu tun, kapiert?"

Er nickte stumm. "Klar", und dann nach einer kurzen Pause: "Geht mir genauso."

"Ich gehe jetzt zum Bahnhof zurück ohne dich."

"Klar", sagte er wieder, "kein Problem, ein Kumpel von mir wohnt in der Nähe, wollte ihn sowieso besuchen."

Christine sah ihn einen Moment an.

"Mach's gut", sagte sie und gab ihm die Hand, "und danke, dass du mir geholfen hast."

Er nickte und steckte die Stöpsel seines MP3-Players wieder in die Ohren.

Sie drehten sich um und verließen beide in entgegengesetzten Richtungen den Park.

Christine stand wieder am Bahnhof. Sie fühlte sich müde und hoffte, dass man sie bald abholen käme.

Scheißtag, dachte sie, alles ist schiefgelaufen. Aber irgendwie fühlte sie sich erleichtert. Der Schmerz über die verlorene Liebe war futsch, einfach verschwunden. Zwischen ihren Beinen war jetzt eine kalte nässende Wunde. Ich werde duschen. Und dann gehe ich ins Bett. Und meine Mutter soll sich um den Jungen kümmern. Ich werde schlafen, und morgen sehen wir weiter.

Kurze Zeit später hielt der weiße Kleinwagen ihrer Eltern am Bahnhof. Ihr Vater war allein gekommen. Er öffnete die Wagentür. Sie stieg ein und setzte sich auf den Rücksitz. Sie hatte keine Lust zu reden, und ihr Vater, das wusste sie, würde auch nichts sagen. Er war ein schweigsamer Mann, zu ungeschickt, um die richtigen Worte zu finden, und deshalb hielt er meistens den Mund.

"Hast du lange gewartet", fragte er nur.

"Nein", antwortete sie, und das war ihre ganze Unterhaltung, bis das Fachwerkhaus mit dem Strohdach auftauchte.

"Wir sind da."

"Ja", sagte Christine.

19

Die Nachricht vom Selbstmord Theo Beckmanns verbreitete sich wie ein Lauffeuer. Die Leute im Dorf zerrissen sich die Mäuler und sie schilderten den Vorgang in den grellsten Farben. Ein Selbstmord kam nicht alle Tage vor und dann noch einer, der so scheußlich war, so voller Blut und Gewalttätigkeit. Man sah das Blut geradezu spritzen und hörte die Axt niedersausen, die ungeheure Wunden hinterließ. Mit einem Schauer tauchten die Menschen in dieses Szenarium ein, das sie für kurze Zeit aus der Eintönigkeit ihres Lebens riss. Und dann kamen die Interpretationen. Warum hatte er das getan? War er verrückt geworden hier oben? Er kam ja nicht von hier. Bestimmt war er verzweifelt. Wer so etwas macht, ist verzweifelt. Dem steht das Wasser bis zum Hals. Ging es um Geld? Man sagt, er hätte Schulden gehabt wegen des Hauses, und er arbeitete ja auch nicht. Und dann seine Frau, welche Rolle spielte sie? Sicherlich, sie war zu bedauern. Sie hatten ja ein Kind, fünf Jahre alt. Aber wer weiß, was sich da abgespielt hatte. Vielleicht hatte sie auch ihren Anteil an der Tragödie. Einer alleine ist nie Schuld. Aber sie war so eine nette Frau, so patent und eine fürsorgliche Mutter. Die Mutmaßungen schossen ins Kraut. Sie sickerten durch die Fensterritzen und Türspalten. Menschen sprachen wieder miteinander, die sich seit Jahren aus dem Weg gegangen waren. Sie breiteten ihr Mitgefühl voreinander aus wie eine Ware und formulierten rührige Briefe an die arme Frau. Einige legten Blumen vor ihr Haus. Zur Beerdigung kam das ganze Dorf. Christine war der Mittelpunkt. Es gefiel ihr, und sie spielte ihre Rolle perfekt. Es kam ein neuer Mann in ihr Leben, nichts Besonderes, aber was soll's, man kann nicht alles haben. Nur manchmal, wenn sie an die große Liebe ihres Lebens dachte, tropfte etwas Herzblut auf die hellen Kiefernmöbel. Sie wischte die Tropfen weg, damit sie keine Flecken hinterließen.

Die Hochzeitanzeige von Christine Beckmann und einem gewissen Jens K. las Henning Barnsen in der Zeitung, an dem Tag, als er seine Koffer packte, um in die Provence zu fahren. Die Nachricht ließ ihn unberührt.

Er war auf dem Absprung in ein neues Leben. Obwohl Begriffe wie Absprung und neues Leben in seinem Alter, wie er fand, nicht mehr passten. Was sollte noch passieren, aber es war wenigsten warm in der Provence. Fünf bis zehn Stunden Sonne jeden Tag. Seit einem Vierteljahr war er berentet. In seinem Büro saß jetzt Konrad Bley, dessen Frau ihr drittes Kind erwartete. Er wollte einen Monat weg bleiben, vielleicht auch länger, wenn es der Zustand seiner Mutter erlaubte.

Sie hatte sich körperlich erholt, aber ihre Demenz war fortgeschritten. Seine geschiedene Frau hatte sich bereit erklärt, ab und zu nach ihr zu sehen. Er war ihr dankbar dafür. In dem kleinen italienischen Restaurant, in das er immer essen ging, hatte er Bescheid gesagt, dass er die nächsten Wochen nicht käme. Und sonst gab es niemanden, dem seine Abwesenheit auffallen würde.

Oder doch. Vielleicht hatte er ja einen Filmfreund gefunden. Er erinnerte sich voller Freude an das zufällige Treffen mit dem jungen Mann, den alle den Schäfer nannten, und den er durch die Selbstmordgeschichte kennengelernt hatte.

"Aller guten Dinge sind drei", hatte dieser bei ihrer Begegnung gesagt. "Sie erinnern sich doch, das erste Mal im Altersheim und dann im Kaffee Schneider. Und jetzt im Kino."

"Ja", hatte Henning Barnsen gesagt, "und dann noch Kaurismäki."

Da sie beide alleine waren, setzten sie sich im Kino nebeneinander und gingen anschließend ein Bier trinken. Sie hatten über Filme geredet, über ihre Lieblingsregisseure und über Szenen, die sie besonders beeindruckt hatten.

"Ich fahre nächste Woche in die Provence", hatte Henning Barnsen gesagt.

"Ich habe mich ganz schnell entschlossen. Und wissen Sie warum? Ich habe nach langer Zeit mal wieder meinen Lieblingsfilm gesehen. 'Das Wunder von Mailand', von De Sica, da gibt es eine Szene im winterlichen Mailand in einer öden Gegend, wo die Obdachlosen hausen. Und zum Aufwärmen am Morgen kommen sie aus ihren Löchern und stellen sich unter einen Sonnenstrahl. Das ist eine wundervolle Szene voller Trauer aber auch voller Poesie. Und irgendwie habe ich gedacht, das brauche ich auch, verstehen Sie das?"

Der junge Mann hatte genickt. Und Henning Barnsen fühlte sich nach langer Zeit verstanden.

Während er packte, kam ihm die Szene wieder in den Sinn, er sah sich dicht gedrängt mit anderen unter dem Sonnenstrahl stehen und sich wärmen.

Und er musste laut lachen.